KB120255

성공하고 싶은 여자,
결혼하고 싶은 여자

성공하고 싶은 여자, 결혼하고 싶은 여자

초판 1쇄 발행 2015년 11월 11일

지 은 이 김나위
발 행 인 권선복
편집주간 김정웅
디 자 인 최새롬
마 케 팅 정희철
전 자 책 신미경
발 행 처 도서출판 행복에너지
출판등록 제315-2011-000035호
주　　소 (157-010) 서울특별시 강서구 화곡로 232
전　　화 0505-613-6133
팩　　스 0303-0799-1560
홈페이지 www.happybook.or.kr
이 메 일 ksbdata@daum.net

값 13,800원
ISBN　979-11-5602-291-6　03810

도서출판 행복에너지는 독자 여러분의 아이디어와 원고 투고를 기다립니다. 책으로 만들기를 원하는 콘텐츠가 있으신 분은 이메일이나 홈페이지를 통해 간단한 기획서와 기획의도, 연락처 등을 보내주십시오. 행복에너지의 문은 언제나 활짝 열려 있습니다.

100만 명이 수강한 '라이프 & 비즈니스 코치, 김나위 소장'의 에세이

결혼하고 싶은 여자

성공하고 싶은 여자,

김나위 지음

도서
출판 행복에너지

프롤로그

기적 같은 일

출장을 가던 어느 토요일, 달리는 KTX 이음 통로 음료자판기 앞에서 친구를 만났다. 화들짝 놀라서 서로를 알아보니 20여 년 만에 만난 둘도 없던 사이였다. 놀란 입을 쉽게 다물지 못하며 이런 일이 다 있구나 싶었다. 살다 보면 깜짝 놀랄 일들이 일어 난다는 것을 그때 알았다.

20여 년 만에 만난 친구와 기차에 나란히 앉아서, 줄기차게 살아가는 이야기를 했다. 오랜 시간이 지난 만남이었지만 어색하거나 불편함도 없이 우린 서로의 대화에 빠져들었다. 이것이 진짜 우정인가 싶다. 한편으로 나는 세상에서 가장 소중한 것 중에 하나를 잊고 살았구나 하는 미안함과 후회가 들기도 했다.

많이 늦어졌지만 지금부터라도 제대로 된 우정을 쌓아 가야겠다는 다짐을 했다. 인스턴트 음식처럼 단시간에 만들어지는 것도 아니고, 몇 번의 만남과 몇 시간의 수다만으로 깊이가 생기는 것이 아니니까, 우정이라는 것은.

이 책은 사실을 바탕으로 쓰인 책이다. 우리 주변에서 흔하게 보고 들을 수 있는 여자들의 이야기다. 성공을 꿈꾸며 살아가는 여자들, 결혼을 추구하며 살아가는 여자들, 어느 쪽이 잘 사는 여자의 길이라고 단정 지어 말할 수는 없다. 쉽게 평가하고 결론을 내리는 것은 위험한 일이니까.

인생을 살아가는 것은 타인에게 평가를 받기 위해 사는 것은 아니다. 타인을 위해서만 살아가는 것은 더욱 아니다. 그런데도 우리는 가끔씩 착각 속에서 벗어나지 못한다. 마치 자신이 원했던 것이 아니라 타인에 의해서 그렇게 결정된 것이라고, 자신보다는 타인을 위해서 선택한 것이라고, 지금의 결과는 타인에 의해서 만들어진 것이라고 이야기하면서 말이다. 하지만 그것은 자기 자신에게 너무 치졸한 변명이다. 자기 자신에게 당당한 여자는 알고 있다. 이런 변명에서 벗어나는 것이 얼마나 중요한 일이고, 타인보다는 자신에 대한 평가가 더욱 혹독해야 완전한 나를 만들 수 있다는 것을.

다 가질 수 없다는 것을 알고 있지만

결혼하고 싶어 안달 난 여자들은 자신이 그토록 원했던 결혼을 가졌지만 성공한 여자를 보면 질투가 난다. 자신은 이미 소중한 것을 가진 사람이라는 것을 순식간에 잊어버린다.

성공하고 싶어 안달 난 여자들은 자신의 모든 것을 걸고 이루어 낸 결과물을 만끽하지만, 결혼해서 행복하게 사는 여자를 보면 부러움이 증폭된다. 성공해서 충분히 행복하면서도 결혼한 여자를 보면서 가끔은 자신의 성공이 부질없는 것처럼 느껴진다.

누구나 다 가질 수 없다는 것을 알면서도 마음에서는 그 사실을 인정하지 못할 때가 많다. 그래서 우린 하루에도 수차례씩 행복과 불행을 번갈아 가면서 동요하지 않는가.

멋지게 나이 드는 여자들

아직도 성공에만 집착하며 주변을 돌아보고 있지 않다면, 당신은 멋지게 나이 드는 여자에서 점점 제외되고 있다는 뜻이다. 아직도 결혼의 울타리 안에서 세상과 단절하며 남편만이 전부인 듯 기대어 살아가고 있다면 당신 또한 멋지게 나이 드는 여자에서 점점 멀어지고 있다는 뜻이다. 멋지게 나이 드는 여자들은 인생 목표와 가족, 지인, 동료, 지역사회와의 관계 형성이 조화되어 가는 사람들이다.

이 책을 쓰면서 필자는 수많은 여성들을 만나 인터뷰를 했다.

대화를 넘어 공감하면서 여자가 멋지게 나이 드는 것이 어떤 것일까, 나이가 들어 가면서 여자로서 갖추어야 하는 것은 무엇이 있을까를 수없이 생각해 보았다. 그리고 부족하지만 작은 결론을 내렸다. 멋지게 나이 든다는 것은 아름답게 자신의 인생을 가꾸어 가는 것이라고.

이 책을 읽는 모든 분들께 그 어떤 것이라도 도움이 되기를 희망하며, 이 책이 세상에 나올 때까지 애써주신 모든 분들께도 진심으로 감사드린다.

2015년 11월

김나위

목차

출장 가는 토요일

'헉~헉~'

기차 시간을 놓치지 않으려고 안간힘을 쓰고 뛰었더니 숨이 턱까지 찼다. 제어되지 않는 거친 숨소리가 멈추지 않는다. 숨 고르기를 하면서 미화는 서류 가방을 선반 위에 올려놓는다. 남 아 있는 숨을 다 토해 내고서야 안정이 되는지 재킷을 벗어 옷걸 이에 걸고 털썩 자리에 앉는다. 시계는 오전 9시 7분을 가리키고 있었다.

"휴~, 빠듯하게 도착했네! 오늘도 3분 전이야, 내가 늘 그렇지 뭐."

그녀는 가까스로 기차에 탄 자신이 한심스럽다는 듯이 허공에 대고 한숨을 쉬며 자신에 대한 불만을 쏟아낸다.

"왜 이렇게 기차를 탈 때마다 허둥대냐고, 좀 더 일찍 준비하고 나왔으면 좋았잖아. 오늘도 또 기차를 놓쳤으면 어떻게 할 뻔했냐고."

햇살 좋은 토요일 아침, 출발을 앞둔 KTX 11번 칸에는 제법 사람들이 가득 찼다. 한가로운 여행이라도 떠나는 듯 보이는 편안한 옷차림을 한 사람들, 등산복 차림의 사람들, 자녀들과 함께 여행을 가는 듯 보이는 가족들이 자리에 앉아 있다.

"에휴, 주말도 없이 출장 다니는 이 생활이 언제쯤 끝이 날지 나도 모르겠네. 이 기차에 탄 사람들은 어디 좋은 데 가려고 탔을까? 나도 여행 가고 싶은데…."

미화는 벌써 6개월째 주말도, 휴일도 없이 일에 파묻혀 살았다. 대학을 졸업하고 직장생활과 사업 등, 일해온 시간을 따지자면 벌써 20년을 넘기고 있었다. 그동안 미화는 일에 한 맺힌 사람처럼 눈만 뜨면 일, 밥 먹고 나면 또 일, 잠들기 전까지 온통

일 생각뿐이었다. 오롯이 일하기 위해서 태어난 사람처럼 줄기차게 일만 하고 살았다.

미화는 웬만한 남자보다 강도 높은 하루를 보내는 여자였다. 스스로 생각해도 지치지 않고, 포기하지 않은 것이 신기할 뿐이었다. 가족은 물론, 주말이나 쉬는 날 없이 365일 같은 패턴을 유지하며 일중독에 빠져 사는 사람들은 충분히 공감할 수 있을 것이다.

사람들은 미화에게 성공해서 좋겠다고, 여자로서 주목받는 인생을 살아서 멋있고 부럽다고 말했다. 젊은 날 주변 사람들이 말하는 자신에 대한 부러움 섞인 칭찬을 들을 때면 어깨가 으쓱하게 좋았다. 한때는 프라이드라고 생각했다. 그러나 불혹이라는 나이를 넘기면서 부러움과 칭찬을 들을 때마다 미화는 그 칭찬이 프라이드로 느껴지는 것도 더는 아니고, 어깨가 으쓱하는 것도 아니며 오히려 부담으로 느껴졌다. 또한 부족한 자신에 대해서 스스로 부정하는 것도, 대단한 능력이 아니라는 변명도, 주변에서 도와주어서 이루어 낸 성공이라는 겸손도 쓸데없다는 것을 알게 되었다. 정작 미화가 듣기에는 남의 속도 모르는 한가한 소리일 뿐이었다. 자기 자신에게 20년이 넘도록 혹독하게 많은 일들을 치르고 나서야 얻은 것이었다.

'나처럼 살아 본 사람만이 내 마음을 알 수 있겠지!'

그녀는 수시로 혼잣말을 해댔다. 나처럼 살아 본 사람만이 내 마음을 진심으로 공감하고 이해할 수 있다고 믿었다. 잘난 남편이 벌어다 주는 월급으로 여유 있게 살림만 하는 여자들의 칭찬은 단지 나를 위한 립서비스일 뿐이었다. 먹고 나면 물만 먹히는 솜사탕 같은 것이었다.

누구나 그렇듯이 미화 역시 잘 지내다가도 문득문득, 모든 것이 귀찮고, 모든 일을 그만두고 싶은 날들이 찾아왔다. 온몸은 피로에 절어 퍼석거리고, 얼굴은 누렇게 떠서 화장도 안 받았다. 아무리 비싸고 좋은 화장품을 발라도 얼굴빛은 좋아질 기미가 없었다. 입맛도 떨어지고, 뒷목은 묵직하게 저리고, 만사가 짜증이 났다. 사람이 살다 보면 이런 날 저런 날들이 있게 마련인데, 요즘 그런 날들이 미화에게는 자주 반복되었다.

토요일 아침, 늦잠이라도 한번 늘어지게 자 보고 싶은데, 그런 마음이 19층 빌딩처럼 쌓였음에도 늦잠 한번 늘어지게 자는 것이 무엇이라고 그거 하나 못 하고, 아침부터 뜀박질을 해대며 KTX에 몸을 싣고 출장을 가는 걸까!

'난 왜 사는 거냐고?'

'왜 이렇게 피곤하게 사냐고?'

'얼마나 대단한 성공을 하겠다고 말이야!'

이런 생각이 밀어닥치면 미화 자신도 대책이 없다. 파도에 밀려 부서지는 모래성 같은 허무함처럼 미화 자신이 허공에 부서지고 흩어지는 것만 같다. 파도에 떠내려가는 모래알같이 자신의 존재가 모호해지고, 왜인지는 모르겠지만 사방으로 흩어지는 것만 같아 속수무책 두려워진다. 이런 두려움에서 벗어나려면 또 일을 해야 한다. 미친 듯이 일에 몰두하면 그나마 잡생각에서 벗어날 수 있다. 한참을 일에 파묻히면 마음이 정리된다. 이것이 사람들은 모르는 일하는 여자의 보이지 않는 몸부림이다.

남들 놀 때 놀고 싶고, 남들 잘 때 자고 싶고, 남들 쉴 때 쉬고 싶다는 생각, 이런 욕심을 부리면 없던 편두통마저 생긴다. 뒷골이 뻐근해진다.

'정말로 오늘따라 출장 가기 너무 싫다!'

그녀의 마음과는 상관없이 부산행 KTX 기차가 상큼하게 서울역을 출발한다. 최신형 KTX는 워밍업도 필요 없는 듯 금세

속도를 높인다. 대기 중인 다른 기차들을 제치고 저만치 앞서 나
간다.

뜨겁다는 것은 젊다는 것

"차장님, 워크숍 출장에 필요한 준비를 다 끝냈습니다."

"김 대리, 참석자 명단 체크하고 장소와 관련한 확인문자를 다시 한 번 더 보내 주세요. 당일에 착오가 생기면 행사가 지연될 테니 오늘 최대한 준비사항을 점검해야 될 거예요."

"네, 알겠습니다."

"나는 지금 고객사 프레젠테이션 시간에 맞추어 나가야 하니까 시간 되면 알아서 마무리하고 퇴근하세요."

"차장님, 워크숍 총괄하시랴 프레젠테이션 하시랴 숨 돌릴 시간도 없으셔서 어떡해요."

"김 대리, 나 아직 젊어."

"피곤해서 화장도 잘 안 받아요, 차장님."

"성질이 못돼서 그래. 각자 맡은 거 잘 처리합시다. 파이팅 하자고."

"네, 알겠습니다. 걱정 마세요."

미화에겐 오늘도 똑같은 일상 중의 하루였다. 출근 후 긴급하게 처리해야 하는 사안을 마무리하고, 쉴 새 없이 출장 준비를 하고, 사업 설명회 프레젠테이션을 점검하고, 고객사 사후 관리까지 뭐 하나 대충대충 하지 않았다. 철저하고 꼼꼼하게 챙겨가며 업무를 진행시켜 나갔다. 주변 사람들이 보기에는 숨차 보이기만 한 이런 하루가 미화에게는 익숙해져 있었고, 매일매일의 가쁜 일상은 아무렇지도 않은 습관이 된 지 오래다.

"차장님은 왜 이렇게 일만 하고 사세요?"

김 대리가 바라보는 미화의 책상 위에는 언제나 해결해야 할 일들, 처리할 일들이 수두룩하게 기다리고 있었다. 하루 일과를 같이 보내는 김 대리가 옆에서 보다 못해 안타까움 반, 걱정 반으로 상사의 인생관에 돌을 던진다. 크고 묵직한 돌을 잘도 골라 잔잔한 호수에 사정없이 던져 버린다.

"차장님은 성공하는 것이 그렇게 중요하세요? 옆에서 보기에 너무 안쓰럽기까지 해요. 일반적인 여자들처럼 사는 것이 좋지 않으세요?"

"일반적인 여자? 난 그런 생각 안 하고 사는데."

"같은 여자가 보기에도 너무 치열하게 사는 우리 차장님, 그래도 너무 멋지십니다. 참 존경스럽습니다. 조금만 여유 가지시면 더 좋겠어요."

사무실을 나서는 미화의 뒷모습을 바라보는 김 대리 마음이 오늘도 짠하다. 두 사람이 손발을 맞추며 함께 일한 것이 벌써 10년을 넘기고 있었다. 두 사람의 사이는 단순하게 상사와 하급자의 관계를 뛰어넘은 지 이미 오래되었다. 얼굴만 봐도 서로의 마음을 읽을 수 있고, 직급을 생략하고 치고받으며 의견 충돌하는 경우는 즐거운 몰입일 뿐이었다. 서로에 대해 많은 것들을 속속들이 알고 있는 진정한 친구 같은 동료라고 말해야 할까!

숨 돌릴 겨를도 없이 계속되던 일 폭풍이 지나고 잠시 짬이 생기면 회사 앞 작고 허름한 술집에서 두 사람은 소주잔을 기울이곤 한다. 오늘도 피곤에 절어 퇴근하는 길에 잠시 들른 허름하지만 둘만의 사연이 가득한 아지트에서 이런저런 이야기를 나눈다. 작정한 것인지 김 대리는 오늘 상사인 미화에게 거침없이 솔직한 안타까움을 퍼붓는다.

"이렇게 매일매일 미치도록 일해야 성공하는 거예요? 차장님을 알게 된 지 벌써 10년이 넘었는데, 차장님의 인생은 단 한 가지도 변한 것이 없고, 여유가 있던 적은 거의 없었어요. 차장님 아래 직원 김 대리 힘들어요. 저는 연애도 하고 싶단 말이에요, 결혼도 해야 하구요. 저는 성공하는 여자가 목표가 아니에요."

"김 대리, 내가 일에 치여 사는 게 아니야. 나는 뜨거운 젊음을 불사르며 열정적으로 일을 성취해 나가고 있다고, 나는 일하고 싶은 여자라고."

"차장님, 알아요. 그런데 너무 성공만 생각하시며 달리시는 거 아니에요? 주말에는 좀 쉬셔야 방전되지 않지요. 이러다 쓰러지겠어요."

"네네, 대리님. 내 생각해주는 사람은 김 대리님밖에 없다니까요."

"어휴, 지금 농담하는 거 아니에요. 우리 차장님 어떡하면 좋아요. 잘 고쳐지지도 않는 일중독에 빠져서 시집도 못 가고, 맨날 날 밤 새서 피부는 탄력 떨어지고, 성격은 까칠해지고. 정말 어떡해, 어떤 남자가 좋아하겠냐고요!"

"떽, 김 대리 취했구나!"

"제가 아니면 누가 차장님과 일하겠냐고요? 소주 한 잔은 누구랑 하시냐고요?"

"그건 그렇지, 항상 옆에 있어줘서 고마워하잖아. 오늘은 지긋 지긋한 잔소리 그만 좀 해라, 우리 얼굴 오래 봐야 하잖아."

"앞으로 딱 3년만 더 볼게요."

"김 대리랑 딱 3년 남은 거야? 김 대리 그만두기 전에 뜨거운 열정 한번 제대로 불살라 봐야겠군!"

"지금도 차장님은 활활 타는데 뭘 또 더 태우시려고요. 부탁드리는데 그만 태우시면 안 될까요? 이제 주말은 집 밖으로 못 나오는 금족령 내립니다."

"하하하, 난 집에 있으면 병 나. 한 번만 봐줘라, 김 대리! 자, 빨리 한 잔 마셔."

여자 같지 않다는 여자, 미화는 가끔씩 김 대리와 술 한 잔 기울이며 속내를 털어내곤 했다. 김 대리와 함께 있으면 술에 취한 듯하다가도 취하지 않고, 취하지 않은 듯하다가도 취한 상태가 반복되었다. 씀바귀같이 쓰디쓴 김 대리의 말들이 미화의 가슴을 후벼팠지만 김 대리만큼 자신을 아껴 주고 따르는 직원도 없었다. 김 대리만큼 마음 가는 직원도 없었다. 애인보다 더 많은 시간을 함께 보냈고, 친구보다 더 깊은 속사정을 열고 지내는 사이였다, 두 사람은.

미화의 일에 대한 중독 증세는 사실 김 대리의 걱정보다 훨씬 더 심각했다. 미화는 치열하게, 누구보다도 정열적으로 하루하루를 보냈다. 젊음의 열정을 태우며 뜨겁게 일하는 것은 누구에게나 당연하다는 생각을 하면서, 자신의 열정은 너무나 평범한 것이라고 믿고 있었다. 성공을 위해서 이 정도는 치열해야 그나마 성공 근처라도 갈 수 있는 거 아니냐는 생각을 했다. 이러한 생각은 시간이 지날수록 내면 깊이 석고상처럼 단단하게 굳어 버렸고, 일에 몰입하는 시간은 점차적으로 늘어날 뿐이었다.

미화는 점증되는 업무를 합리화시키기 위해서 늘 자신의 마음을 다잡고 있었다. 그렇게 다잡고 나면 자신에게 미안한 마음이 덜했고, 고단하지만 힘을 더 내어 박차를 가하는 자신을 발견하기도 했다. 잠시 잠깐 힘들다는 생각마저도 순식간에 사라지고 아무 일 없었던 것처럼 일할 수 있었다. 이런 일들은 1년이 지나고 1년 더 연장, 1년 더 연장을 반복하다 보니 20년을 넘기고 있었다. 벌써 그렇게 시간이 지나고 있었던 것이다.

"이 정도 고생쯤이야, 이 정도 가지고 힘들면 안 되지, 남들 다 하는 일 조금 더 한다고 생색내면서 하는 것도 우습잖아. 내일이 벌써 토요일이네, 아침 일찍 부산 출장 가는 날이구나."

혼자 떠나는 짧은 휴가

"오늘 갔다가 내일 올게."

"갑자기 왜 부산을 간다는 거야, 그것도 여자 혼자서 말이야."

"아이들도 어학연수 떠났고, 당신도 1박 2일 회사 워크숍 떠나는 날이니 나도 오랜만에 휴가 좀 가려고 그래."

"당신이 무슨 직장 다니는 것도 아닌데 휴가를 가? 집에나 있지 어딜 나돌아 다닌다고 야단이야."

"당신은 무슨 말을 그렇게 하니, 직장 안 다니고 돈 못 벌면 휴가도 못 가는 거야? 전업주부한테는 가정 일이 직장 일이란 말이야."

"가든지 말든지 당신 마음대로 해."

"집에만 있으면 뭐하냐고, 잠시 바람 쏘이고 오는 것도 싫어하면 어떻게 해?"

"…."

명애는 남편의 말이 또 상처가 되었다. 결혼한 지 20년이 넘도록 이제껏 가족을 벗어나 본 적 없는 아내로 살았다. 자식 돌보고 남편 뒷바라지하느라 남들 다 하는 꽃구경, 바다구경 한번 제대로 한 적 없었다. 몸도 마음도 지쳐 가는 자신을 보면서 이렇게 살려고 결혼했나 하는 생각이 치밀어 오르고, 서러움마저 폭발해 버릴 것 같았다.

"쾅."

워크숍 가방을 들고 출근하는 남편의 문 닫는 소리가 요란하다. 문소리만큼이나 남편이 나에게 휴가 가지 말라고 못 박는 듯한 무언의 압력이었다. 명애는 한동안 소파에 멍하게 앉아 있었다. 남편에게 며칠 전 부산행 KTX 기차표를 예약해 두었다는 말은 꺼내지도 못했다.

명애는 몇 달째 허물을 벗는 것처럼 온몸에서 영혼이 빠져나가는 것만 같은 기분이 계속되었지만 병원도 가지 않고, 심리상담도 받지 않으며 혼자서 극복해 보려고 안간힘을 썼다. 그런데 차도가 없었다. 마음은 더욱더 고꾸라지고 있었고, 무엇인지 모를 좌절감은 목까지 차올랐으며 자신에게 더 이상 희망이라고는 한 올의 가닥도 남아 있지 않은 것만 같았다. 자신이 너무나 힘들다는 것을 평생을 고스란히 바친 남편에게, 아이들에게 하소연해 보았지만 돌아오는 것은 냉담하고 싸늘한 반응뿐이었다.

"엄마는 집에서 살림만 하는데 뭐가 그렇게 힘들어."

"당신이 밖에 나가 돈을 벌어오는 것도 아니고, 애들 공부 가르치는 것도 아니고, 그렇다고 복부인처럼 부동산 투자하러 다니는 것도 아닌데 맨날 집에서 펑펑 놀면서 뭐가 그렇게 힘들다는 거야."

9시 10분, 서울역에서 출발하는 부산행 KTX의 출발 시간은 정확히 9시 10분이다.

'어떡하지? 그냥 집에 있을까? 아니면 지금 갔다가 저녁에 돌아올까? 1박 2일 휴가 가는 것도 이렇게 힘들게 가야만 되는 거야? 이번에는 정말 가고 싶은데, 가고 싶은데, 잠시라도 시원한 바람이라도 쏘이고 싶은데….'

명애의 마음은 복잡하기만 했다. 부산에 가야 할지 말아야 할지 마음이 오락가락했다. 더 이상 고민만 하고 있을 시간이 없었다. 떠나야 한다면 지금 집을 나서야 기차를 탈 수 있었다. 어느

쪽이든 결정을 해야만 했다.

"그래, 잠시 다녀오자. 일단 다녀와서 남편한테 잘 말하면 되겠지, 남편이 이해해 주겠지. 그럴 거야!"

명애는 허공에 혼잣말을 하며 핸드백을 집어 들었다. 그리고 재빠르게 대문을 열고 집을 나섰다. 택시를 타고 무작정 서울역으로 향했다.

거친 숨을 고르며 KTX 창가 좌석에 앉은 명애는 반짝거리는 아침 햇살을 보며 새삼스럽다는 생각이 들었다. 명애가 멍하게 햇살을 바라보는 사이 부산행 KTX가 서서히 속도를 내며 달리기 시작한다.

"휴, 조금만 늦었으면 기차를 놓쳤을 거야. 오늘따라 아침 햇살이 유난히 따사롭고 눈부시네!"

우연한 만남

짐 정리를 마친 명애는 잠시 주변을 돌아보았다. 11호차 내부는 어수선했지만 KTX가 출발하고 5분이 채 되기도 전에 주변은 잠잠해지고 있었다. 주말이 주는 즐거움 탓인지 기차에 탄 사람들은 즐거움으로 가득 찬 표정이었다. 너무 오랜만의 기차 여행이지만 기차 안에서 무거운 표정을 하고 앉아 있는 것은 명애뿐인 것 같았다.

"좀 더 쿨하게 부산 가서 바람도 쐬고, 회도 먹고 오라고 할 수는 없는 거야? …, 괜히 왔나? 집에 가만히 있을 걸 그랬나? 아냐 아냐, 집에만 있기엔 너무 답답해서 미칠 것만 같았어!"

남편에 대한 원망을 생각하지 않으려고 해도 서운함이 불쑥불쑥 튀어나와 불쾌한 마음까지 들었다. 명애는 길게 한숨을 내뱉었다. 남편에 대한 원망과 자기 자신에 대한 죄책감이 마구잡이로 엉키고 있었다. 이젠 기차에서 내릴 수도 없었다. 되돌아가기엔 KTX가 너무 빠르게 달리고 있었다. 이런저런 생각이 치닫자 명애는 얼굴이 화끈거리고, 몸까지 뜨거워졌다. 그야말로 온몸에서 스트레스가 분출되는 것만 같았다. 길게 한숨을 쉬어도 가슴에 답답한 것이 뚫리지 않았다. 시원한 음료수라도 마셔야 복잡하고 엉켜버린 생각이 정리될 것만 같았다. 뭐라도 마셔야 마음이 덜 답답할 것 같았다.

명애는 좌석에서 일어나 기차 이음 공간에 배치된 자판기를 찾았다. 자판기 앞에 서서 사이다 버튼을 누르고, 아래로 굴러떨어지는 소리를 들었다. 요란한 소리를 내며 밑으로 떨어져 내리는 사이다를 냉큼 집어 들었다. 명애는 요즘 조금만 신경 쓰면 입이 바짝 마르고 신경이 예민해졌다. 이럴 때는 카페인이든 탄산수든 물보다 자극적인 음료가 제격이었다.

명애는 사이다를 한 모금 더 들이켰다. 제법 많은 양의 사이다가 목을 타고 싸하게 내려갔다. 생각지도 못한 감탄사가 나왔다.

"캬아, 이제 조금 답답한 마음이 뚫리는 것 같네!"

"저, 실례지만 자판기 다 쓰셨어요?"

"아, 미안합니다. 쓰세요."

자판기를 혼자 독차지하고 있었는지도 모르고 있던 명애는 여자의 말에 깜짝 놀랐다.

얼른 자판기 앞에서 뒷걸음질을 쳤다. 세련된 정장 차림을 한 여자가 보였다.

나이는 잘 가늠이 되지 않지만 갸름한 얼굴에 세련된 정장 차림이 커리어 우먼처럼 보이는 여자였다. 사이다를 마시다 말고 명애는 자리를 몇 걸음 옮기고 나서야 여자를 찬찬히 바라보았다.

'익숙한 얼굴, 목소리…. 어디서 봤지? 내가 아는 사람 같은데…, 누구지? 누구지?'

그리고 순간, 명애의 기억력이 되살아났다.

"저, 실례지만 혹시 김미화 씨 아니세요?"

"네? 누구신지?"

"혹시 한국대학교 경영학과 졸업한 김미화 씨 아니세요?

"네, 맞긴 맞는데요."

미화는 당황스러웠다. 좁은 기차 이음 통로의 자판기 앞에서 나를 알아보고 이름을 대며 아는 척하는 사람을 만나는 것이 흔한 일은 아니었다. 순간 언제 어디서 아는 사람을 만날지 모르니 평상시에 착하게 살아야 한다는 말이 떠올랐다. 혹시 나쁜 일로 아는 사람은 아니겠지 하는 괜한 걱정마저 들었다.

"어디서 많이 본 것 같지 않으세요?"

"얼굴이 익숙하긴 한데⋯."

"한국대학교 경영학과 한명애를 아세요?"

"한국대학교 한. 명. 애 씨요? ⋯어머, 한명애!"

"맞아, 나 명애야."

"세상에나, 명애야 반갑다!"

미화는 너무 갑자기라 얼떨떨했다. 대학 시절 진한 우정을 나누었던 동창생을 20여 년 만에 만나는 것도, 기차 안 이음 통로 자판기 앞에서 음료수를 뽑으며 친구를 만나는 일도 그렇게 흔한 일은 아니었다. 우연한 만남 중에서도 흔치 않은 일이었다. 세상에 별일이 다 생기는 것은 알았지만 자신에게도 이런 별일이 일어날 거라곤 상상도 못했다.

두 사람은 서로를 확인하고는 순간 말문이 막혔다. 그들은 서로의 손을 꼭 잡으며 마음을 전했다. 두 사람 모두 말은 안 했지만 갑작스러운 만남이 당황스러우면서도 한편으론 신기했다.

"미화야, 어디 가는 거야? 어느 자리에 앉았어?"
"부산 가는 길이었어. 7A 좌석에 앉았고, 너는 어디 앉은 거야?"
"미화 네 자리로 가자, 내가 옆 사람한테 부탁해서 자리를 바꿔 달라고 해볼게. 아차, 나 가방 들고 가야지."

명애는 상기된 얼굴로 옆 좌석에 앉은 사람에게 사정을 이야기하고 부탁해서, 자신의 자리와 그 사람의 자리를 바꾼 후 미화와 나란히 앉을 수 있었다. 어떤 예고도 없이 너무 갑작스럽게 만나게 되어 두 사람은 어안이 벙벙하면서도 반가움에 어쩔 줄 몰랐다. 너무 좋아서 아이들처럼 해맑은 웃음이 절로 나왔다. 한동안 서로의 얼굴을 보며 말을 잇지 못하고 콧소리 흠뻑 담은 감탄사만 외치고 있었을 뿐이었다. 여자들끼리만 통하는 감탄사였다.
"야~!"
"야~~~!"

서로의 얼굴을 보며 한참을 웃기만 하고 있었다. 아이같이 해맑은 미소를 띤 명애가 미화의 답변은 바라지도 않은 듯 연신 궁금한 것들을 물어보기 시작했다.

"미화야, 세상에 어떻게 기차에서 만날 수 있니? 잘 지내고 있었니? 이게 몇 년 만이야? 넌 변한 게 하나도 없이 옛날 모습 그대로네."

"그러게 말이야. 이게 웬일이니? 명애야, 세상에 이런 일이 있구나!"

"미화 넌 그동안 어떻게 지내고 있었어? 보고 싶었단 말이야. 기집애! 학교 다닐 때 우린 완전 단짝이었는데 졸업하고는 연락도 한번 안 하고."

"난들 네가 왜 안 보고 싶었겠어! 졸업하고 정말 많이 생각났었는데…. 정말 연락도 못 하고 살았네, 내가 정말 미안하다."

"아니야, 나도 연락 못한 것은 똑같지 뭐. 하여튼 정말 보고 싶었어, 미화야."

"나도 그래."

20여 년의 시간을 훌쩍 넘기고 만났다는 서운함을 뒤로하고 겹겹이 쌓인 우정은 금세 되살아났다. 남자들은 여자의 우정은 우정도 아니라고 말하지만, 여자들은 아무리 친해도 결혼하고 나면 우정보다 가정이 먼저라고 말하지만, 그것은 잘못된 말들이다. 여자들에게는 여자들만이 통하는 깊이 있는 우정이 있다. 20년, 30년 만에 만난들 어떠하리, 만남의 횟수를 따지지 않아도 서로의 마음이 통하는 우정이 있다. 만나는 그 순간의 우정은 진심일진데 말이다. 이것이 남자들은 모르는 여자들만의 우정 방식이다.

　김미화 그리고 한명애, 두 사람은 한국대학교 경영학과 동문이다. 졸업을 한 지 20여 년이 훌쩍 넘었고, 두 사람은 명애의 결혼식장에서 본 것이 마지막이었다. 그러니까 오늘은 두 사람이 20여 년 만에 처음 만난 것이다. 무척 긴 시간이 흘렀다. 대학 시절 둘도 없던 단짝이었는데, 매일매일 하루라도 안 보면 눈에 가시가 돋을 정도였는데, 사소한 비밀 하나 없이 많은 것을 공개하고 공유하던 사이였는데도 말이다. 그녀들은 20여 년 만에 만났다는 사실 자체가 미안할 정도로 가까웠던 친구 사이였다.

　"명애야, 그동안 어떻게 지냈어?"
　"옛날 일들이 기억나니?"
　"가끔씩 생각나곤 해."

"대학교 다닐 때 내 꿈 기억나니?"

"그건 당연히 기억하지, 명애 꿈은 결혼하는 거였는데….”

"맞아, 그때 내 꿈이 결혼이었잖아!"

"그래서 너는 졸업하자마자 취직도 안 하고 바로 결혼한 거잖아."

"모두 다 기억하는구나!"

"그때 네가 하도 많이 이야기해서 내 머릿속에 박혀 있어. 한명애는 결혼하는 것이 꿈이다, 결혼하고 싶어 미쳤다."

"하하하, 내가 그랬니? 그때는 내가 미쳤었나 봐, 결혼이 뭐 좋다고 결혼이 꿈이라고 외쳐 대고 살았다니. 미화 네 꿈은 사장님 되는 거였잖아. 남 밑에서 눈치 보고 일하지 않고 네가 사장 되어서 성공하겠다고 말했잖아. 미화 너는 꿈을 이루었니?"

"내가 정말 그때는 성공하고 싶어 미친 여자였지, 사장이 뭔지도 모르면서 사장 되겠다고 그랬는지 모르겠어. 그런데, 그래서 지금은 조그만 회사의 사장이 됐어."

"그럴 줄 알았다니까, 난 미화 네가 정말 잘될 줄 20년 전부터 알고 있었다니까!"

20여 년 만에 만난 동창생, 20여 년 만에 꺼내는 꿈 이야기, 명애는 이 낯선 상황과 이야기가 좋기도 하고, 지난 세월이 믿어지지도 않았다. 더불어 바로 얼마 전 같기만 한데 시간이 이렇게 흘렀다니 하는 생각에 여러 감정이 교차되었다.

"우리가 몇 해 전까지만 해도 대학생이었는데, 어느새 40대가 되었어. 믿어지지 않아."

"맞아, 나도 믿기지가 않아."

"미화야, 되돌아가고 싶다. 그때 그 시절로."

"나도 명애랑 같이 다시 여대생으로 되돌아가고 싶다."

결혼하고 싶어 안달 난 여자

"명애야, 준비는 다 되었어?"

"응, 필요한 것도 다 샀고, 결혼식 당일 준비도 다 끝냈어."

"이제 1주일 후면 너는 어떤 남자의 아내가 되는구나!"

"미화야, 난 취업도, 성공도 좋지만 결혼해서 가정 속에서 행복하게 살고 싶어. 취업도 힘들고, 직장 들어가서 잡다한 심부름하면서 월급 받는 것보다 정년이 보장된 결혼이 평생직장이라고 생각해."

"남들 직장 다닐 때 결혼하고 아이 낳고 살림해도 후회하지 않을 자신 있어? 연애도 많이 못 해보고 이렇게 바로 결혼해도 괜찮은 거야?"

"평생직장이 결혼이야. 직장 다니는 건 자신 없고, 연애 많이 못 해보는 것은 좀 아쉽지만 결혼하는 게 더 좋아."

"네가 신중하게 생각하고 결정한 것이니까 난 너의 결정을 믿어. 이젠 정말 1주일 남았구나."

20여 년 전 대학 생활을 마치고 명애는 그렇게 '결혼해야지, 결혼해야지'를 입에 달고 살더니만, 자신의 소원대로 대학을 졸업하고 얼마 지나지 않아 바로 결혼식을 올렸다. 미화는 명애와 단짝이 되어 붙어 다녔지만 졸업 이후의 계획은 서로가 극과 극일 정도로 반대였다. 두 사람은 서로의 의견과 결정을 존중하며 서로에 대한 불필요한 간섭은 하지 않았다.

명애는 결혼하고 싶은 여자였다. 결혼이 인생의 정답인 것처럼 말할 때도 자주 있었다. 결혼하고 싶어 안달 난 여자처럼 보이기도 했으며, 여자에게 최고의 직업은 결혼이고, 좋은 남자와 결혼하는 것이 가장 빠르게 성공할 수 있는 길이라고 말하기도 했다. 돈 많은 남자와 결혼하는 것이 가장 빨리 행복해지는 비결이라고 말하기도 할 정도로 명애는 결혼에 대한 확실한 믿음과 기대감으로 가득 차 있던 결혼예찬론자였다.

결혼 생활을 한 지 20여 년이 지난 지금, 20대에서 40대 후반이 된 지금, 명애는 결혼에 대해서 어떤 생각을 할까? 미화는 명애의 생각이 궁금했다.

"명애야, 졸업하자마자 빨리 결혼한 것 후회 안 해?"

명애가 찡긋 윙크를 한다. 무슨 의미일까? 순간 미화는 괜한 것을 물어본 것은 아닐까 싶었다.

"그때 내 별명이 '결혼하고 싶어 안달 난 여자'였잖아, 호호호."

명애는 자신의 별명을 꺼내며 콧소리를 내며 웃는다. 미화도 따라 웃었다. 대학 시절 친구들은 명애의 별명을 부르며 뭐가 그리 좋은지 마냥 시시덕거리며 어울려 다니곤 했었다.

"지금 생각하면 참 어이가 없어. 요즘 세상에 결혼하고 싶어 안달 난 여자가 얼마나 되겠니? 그때야 20대에 결혼하고 출산하고 그랬지만 요즘 여자들은 서른 살이 넘어도, 마흔 살이 가까워져도 결혼에 목숨 걸며 사는 사람이 어디 있냐고."
"20년의 시간이 짧지는 않아. 그때와는 달리 지금은 시대가 많이 변했으니까!"

"미화 네가 보기에도 솔직히 내가 좀 이상하게 보였지?"

"이상하게까지는 아니구. 너랑 나랑 워낙 살고 싶은 세계가 달랐잖아."

"넌 대학 때도 그렇게 예쁘게 말하더니, 나이 들어도 똑같이 세련되게 말하네."

"사람이 바뀌겠니! 호호호."

"칭찬은 아꼈다가 해야 한다니까."

명애는 칭찬받아 좋아하는 미화를 보며 웃었다. 하나도 변하지 않은 미화를 볼 수 있다는 점이 그녀를 웃게 했다. 미화도 명애의 얼굴을 마주보며 싱겁게 웃었다. 두 사람은 서로가 20여 년 만에 만난 친구라고는 믿기지 않을 정도로 다정다감했다. 며칠 전에 커피숍에서 만나서 실컷 수다 떨다 헤어진 옆집 친구 같기만 했다.

"지금 생각하면 너무 빠르게 결혼한 것 아닌가 하는 생각이 들어. 너처럼 직장생활도 해 보고, 연애도 해 보고, 청춘도 누려 보고 결혼할 걸 말이야!"

"후회하는 거야?"

"아니, 후회보다 혹시 다음에 다시 태어나면 졸업하고 나서 직장도 다녀 보고, 연애도 많이 해서 이별도 해 보고, 아련한 데이트 추억도 쌓아 보고 싶어. 못 해 보니까 마음 한구석에서 그렇게 살면 어떨까 하는 호기심이 생기네."

다시 태어나면, 혹시라도 다시 여자로 태어난다면 명애는 지금의 모습과는 사뭇 다르게 살고 싶다는 생각을 자주 했다. 특히 결혼에 대해서는 지금과 사뭇 다른 방식을 선택하고 싶다는 소망을 가지고 있다. 그렇다고 명애가 빨리 결혼한 것을 후회하는 것은 아니다. 아니, 어쩌면 후회인가? 그래도 명애는 다른 사람에게 후회라는 말을 표현하고 싶지는 않았다. 상대방이 느낀다면 어쩔 수 없지만.

"미화야, 내가 다시 여자로 태어나면 어떤 모습일까? 어떤 매력을 가진 사람이 될까? 어떤 직업을 가지고, 어떤 사람들과 어울려 지낼까? 너무 궁금하다. 넌 안 그래?"

"명애야, 미안한데, 난 다시 태어나고 싶지 않아. 아주 단호하게 거부하겠어."

"얘는, 분위기 삭막하게, 너무 단호하다. 여자로서 다시 살아 볼 수 있는 기회가 또 있으면 좋기만 하겠구만."

환생을 언급한 명애, 결혼에 대한 후회인지 아쉬움인지 진심을 내색하지 않은 채 잠시 창밖을 바라보았다. 빠르게 달리는 KTX 창문 밖으로 나무들도, 전봇대도, 옹기종기 모여 있는 시골집들도 명애의 지난 세월처럼 스치듯이 빠르게 사라지고 있었다.

상처에 바르는 연고 같은 것, 결혼

"미화야, 다 그런 것은 아니지만 빨리 결혼하고 싶고, 빨리 결혼한 여자들의 마음을 들여다보면 그럴 만한 이유가 있더라. 나도 그 여자들 중의 한 사람인 것 같아."

"예전에 나한테 왜 이야기하지 않았어?"

"가족 문제라서, 말하기가 좀 그랬어."

"너랑 나랑은 둘도 없는 친구인데, 뭐가 어때서!"

"지금 생각하면 아무것도 아닌데, 그때는 어린 내 마음이 나를 작아지게 만든 것 같아. 대학을 졸업하면 직장에 취업해야 하고, 여자로서 좋은 직장에 들어가는 것은 어려웠고, 쥐꼬리 만한 월급 받으며 직장 생활하면서 피터지게 승진 경쟁한다는 게…. 솔직히 이런 것들이 난 너무 두려웠어. 워낙 잘난 사람도 많고, 독한 사람도 많아서 전쟁터 같은 직장 생활에서 잘 버틸 수 있을까 하고 생각할 때마다 작아졌거든. 내 딴에는 내가 살아가기에 좀 더 잘 살 수 있는 길을 택하고 싶었던 거야. 지금 생각하면 사회생활 하는 것을, 직장 생활하는 것을 그렇게까지 겁먹지 않았어도 되었을 텐데, 그때는 왜 그렇게 겁이 나고 무서웠는지 몰라."

대학 시절 온종일 붙어 다녀서 명애의 모든 것을 알고 있다고 생각했던 미화는 생각지도 못한 명애의 속마음을 듣고 나서 적잖이 놀랐다. 명랑함을 넘어 장난기 다분하고, 쾌활함의 최고봉이라고 생각했던 명애였다. 그런데 다른 사람이 전혀 눈치채지 못하게 마음고생을 한 것이었다. 나약하고, 불안하고, 작아지는 자신을 다른 사람에게 보이기 싫어 더 웃고, 더 장난치고, 더 유쾌하게 행동한 것이리라. 열 길 물속은 알아도 한 길 사람 속은 모른다더니, 모든 것을 알고 있는 것 같으면서도 아무것도 알지 못하는 부족한 관계를 친구라고 말할 수 있을까!

"미화야, 내가 아무것도 모르는 어린 나이에 결혼하고 싶었던 이유는 마음의 상처 때문이었어."

미화는 조용하게 명애의 말을 경청했다. 속으로 올라오는 말

머리를 꾹 눌러 참으면서.

친구의 아픈 마음 하나 알아채지 못한 자신에게 괜한 화가 나기까지 했다.

'명애야, 힘들 때 나한테 말하지 그랬어, 뭔지 모르겠지만 힘든 일이 있다고 나한테는 진작에 말했어야지. 나는 너의 단짝 친구였는데, 내가 너한테 해준 것이 아무것도 없잖아. 너한테 나는 중요한 사람이 되고 싶었는데.'

명애의 엄마는 명애를 낳고 명애가 5살이 되는 봄에 남편과 이혼했다. 그리고는 평생을 혼자 살았다. 지금이야 이혼이라는 말도, 이혼한 사람도 특별할 게 없는 시대가 되었지만 20여 년 전만 하더라도 이혼과 이혼한 사람, 특히 이혼한 여자가 혼자서 아이를 키우는 것은 많은 어려움이 따르던 시대였다. 이혼했지만 이혼했다고 말하지 못하고, 상처 받은 마음을 위로받지 못한 채 불편한 말을 듣고 사는 사람들이 참 많았다. 그런 시대가 있었고, 그런 시대를 다 겪으며 지내왔다.

명애가 엄마를 볼 때 딸자식 키우며 혼자 사는 여자의 인생은 참 고단했다. 누구 한 사람의 도움도 없이 자식을 키워야 하니 엄마는 억척스러워졌고, 독해져야만 했다. 지금이야 성공학 전문가들이 독한 여자가 살아남는다, 독해야 경쟁에서 이긴다, 직장에서든 사회에서든 남녀평등을 외치면서 여자도 독해져야 성공한다고 강조하지만, 20여 년 전의 시대적 상황은 지금과는 체감온도 자체가 달랐다. 독한 여자, 승부기질 뛰어난 여자, 남자를 억누르고 경쟁에서 이겨먹는 여자, 남자보다 기 센 여자에 대한 부정적인 편견이 난무했던 시대였다.

지금의 여성들에게 이런 말들이 씨알이나 먹힐까 싶지만 지금의 여성들보다 앞서 살아갔던 여성들이 여성하위라는 상상도 하기 힘든 어려운 시대를 거치며 지금의 남녀평등 시대를 만들었다는 것은 알아야 하지 않을까 싶다.

명애는 연약했던 엄마가 자신으로 인해 독해지고 억척스러워지는 과정을 모두 보고 겪었다. 엄마의 강인함과 억척스러움은 고스란히 명애에게 내림 성격이 되어 가고 있었고, 명애는 솔직히 자기 자신이 엄마의 모습과 똑같아지는 것이 싫었다. 아니 두려웠다. 한편으로는 자신이 엄마의 짐이라는 못난 생각을 하였다. 엄마의 등짐을 더 무겁게 만드는 장본인, 자신으로 인해 엄마의 인생이 더 고단해지고, 재혼은 엄두도 내지 못하고 주저앉게 되었다고 믿었다. 어찌 보면 딸이 아니라 엄마의 웬수였다.

이 세상에 사랑하는 엄마가 억척스러워지는 것을 좋아하는 딸은 단 한 사람도 없다. 사랑하는 엄마가 고생고생해 가며 힘들게 사는 것을 좋아하는 딸도 없다. 젊디젊은데 혼자서 자식 키우느라 자신의 인생은 접어 두고, 재혼을 포기하며 사는 것을 좋아하는 딸도 없다. 명애의 마음처럼 이 세상의 모든 딸들은 엄마를 사랑하고, 염려하고, 걱정하고, 위로하고, 안타까워한다.

"미화야, 우리 엄마가 늘 입에 달고 살았던 말이 뭔지 알아?"
"결혼하라는 말."
"맞아. 좋은 남자 만나서 빨리 결혼해라, 아빠 같은 남자 만나면 인생 고달파진다, 여자 팔자는 뒤웅박 팔자라 남자 잘 만나야 한다, 성공한 남자 만난 여자는 가만히 있어도 성공한 여자가 된다, 뭐 이런 말들."
"예전 엄마들은 많이들 그랬어. 요즘 신세대 엄마들이 들으면 난리가 날 만한 말들이잖아."
"난 그런 말들을 20여 년이 넘도록 매일매일 들으면서 살았잖아. 환경이란 것이 그래서 무서운 것이겠지. 나도 모르게 내 마음에선 엄마처럼 살고 싶지 않았던 거야. 엄마같이 평생 이혼한 남편을 원망하며 살고 싶지 않았거든. 자식 때문에 자신의 인생을 포기하고, 자식만 바라보는 삶을 살고 싶지 않았거든. 엄마의 지긋지긋한 말들도 듣고 싶지 않았어. 엄마에 대한 사랑과 원망이 애증으로 변할 즈음 나는 집을 떠나야 한다는 생각을 했어. 내 머릿속엔 온통 집을 떠나고 싶다는 생각뿐이었다니까. 지금 생각하면 꼭 그렇게까지 하지 않아도 되었는데 말이야."

"결혼하고 잘 살고 있잖아. 남들보다 조금 빨리 결혼한 것뿐인데, 뭘."

"그때 내가 조금만 더 지혜로웠다면 좋았을 것을, 그랬다면 그렇게까지 결혼하고 싶어 안달 난 여자는 되지 않았을 텐데. 엄마 마음도 모른 채 엄마로부터 도망치고 싶다는, 벗어나야 한다는 강박관념은 없었을 텐데."

명애는 자신의 지혜롭지 못함이 지금의 현실을 만들었다는 것을 안타까워하는 것일 뿐, 결혼하고 지금까지 단 한 번도 결혼을 빨리 했다는 후회는 하지 않았다. 가끔씩 자신이 지혜롭지 못해서 또 다른 인생의 길을 생각하지 못한 것을 아쉬워할 뿐이었다. 버겁기만 한 엄마에 대한 원망을 분출하는 것이 아니라 따뜻하게 감싸줄 수 있는 딸의 마음으로 엄마와 함께했다면 더 좋았을 텐데, 그러지 못하고 좋은 날을 너무 아쉽게 보내서 속상하다.

"내 정신 봐라, 미화 너는 결혼했니? 애들이 몇이야?"

"참 빨리도 물어본다."

"아이구, 내가 오늘 갑자기 너 만나서 정신이 쏙 빠졌어. 결혼
했어요 친구님?"

"아직 못 했어요."

"진짜, 정말로?"

미화는 자신이 미혼이라고 말하는 순간, 아주 짧은 순간 얼굴
이 화끈거렸다. 주변 사람들에게 늘 하는 말인데도 단짝 친구인
명애에게 말하는 것이 좀 쑥스럽다는 생각이 들었다.

"대학교 2학년 때 내가 너한테 말했잖아, 결혼보다 일에서 성
공하고 싶다고."

"그렇다고 진짜 결혼도 안 하고 일만 한 거야?"

"응, 한 가지만 잘하려고 애쓰는데도 왜 이렇게 힘드니."

"요즘 세상에 한 가지 잘하는 것이 얼마나 어려운데 그래."

"아직 한 가지도 잘하진 못해, 어설프게 잘하는 사람 쫓아가고
있어."

"미화 넌 이미 잘하고 있는 거야. 겸손도 병이다."

사회 친구를 만나면 이것저것 셈 계산하느라고 바쁘다. 하고

싶은 말도, 하고 싶은 행동도 계산기 두드리며 살지 않았던가. 작은 꼬투리 하나 잡힐세라 엉뚱한 구설에 오를세라 말조심하며, 있는 듯 없는 듯, 말하는 듯 듣는 듯 갖은 방법과 노력을 다 동원하느라 진땀 빼고, 마주앉은 사람 따라 자리 따라 눈치껏 처신하느라 헤어지고 나면 늘 파김치 신세가 되지 않던가!

학창 시절의 우정은 변하지 않는 것인가! 미화는 새삼스럽게도 사회에서 만나는 수많은 사람들과는 이렇게 친해질 수 없었는데, 20여 년의 세월을 건너뛰었음에도 가슴속 따스함에 학창 시절의 우정은 무엇인가 하는 의구심도 생겼다. 감탄이 절로 나왔다. 이 얼마 만에 느껴보는 안락함과 따뜻함의 대화인가! 몸도 마음도 저절로 편안해지고, 힐링되고 있지 않은가 말이다. 가고 싶지 않았던 토요일 출장, 놓칠 뻔한 9시 10분 부산행 KTX 기차였지만 생각지 못한 우정의 만남이 나를 기다리고 있었다니, 나의 친구가 나를 만나려고 준비하고 있었다니. 출장 가기를 참 잘했다 싶다. 사람 마음이 이렇게 간사하구나 싶다.

"미화야, 너한테 빨리 결혼하라는 말은 못하겠다."

"여보세요, 명애 씨. 결혼 못 한 당신 친구가 이제 50살이 얼마 안 남았거든요. 빨리 할 수도 없거든요."

"하하하, 맞아 맞아. 내 친구 말이 맞네."

명애는 하하 호호, 뭐가 그리 좋은지 웃음소리가 즐겁기만 하다.

결혼은 무엇인가? 사람으로 태어나 결혼을 하는 것은 가족이라는 안식처를 만들고, 사랑의 결실을 통해 다음 대를 이어가는 것이다. 함께하는 구성원이 더 행복하기 위해 결혼을 통해 가정이라는 하나의 공동체를 이루는 것이다. 이것이 가족이고, 가족을 만들기 위해서 결혼을 하는 것이다. 이것은 결혼의 긍정적인 측면이다.

물론 결혼에 대한 부정적인 측면도 가미되어야 공평할지 모르겠다. 결혼을 통해 때로는 개인의 자유가 구속이 되고, 억압이 되기도 한다. 자기 몸 하나 챙기기도 어려운데 몇 사람의 식구들을 먼저 챙겨가며 살아야 하는 버거움도 생긴다. 때로는 무거운 책임과 의무 때문에 커다란 등짐을 지고 사는 것 같고, 지옥 아닌 지옥이 될 수도 있다. 사소하게는 말이 통하지 않아서라는 이유만으로 답답함을 넘어 화병과 울화통이 생기게 된다. 그럼에도 불구하고 사람들은 결혼을 부르짖는다. 하지 않는다고 해도 결혼이라는 것이 평생 동안 밀린 숙제처럼 꺼림칙하다. 해도 후회, 안 해도 후회된다고 말하지만 대부분의 사람들은 결혼을 하고 후회하는 것이 낫다고 말한다. 평생을 혼자 살아가는 독신들마저 타인에게 결혼할 것을 당부한다. 자기 자신도 선택하지 않은 결혼을 타인에게 적극 추천한다. 참으로 아이러니다.

　결혼이라고 하는 것은 이렇게 진리 같으면서도 모순 덩어리이
다. 정답이 없으면서도 오답도 없다. 이것도 아니고 저것도 아닐
때도 많다. 그러나 사람이 살아가면서 평생 머릿속에서 떠나지
않는 단어이다. 지워도 지워지지 않는다. 덮어도 덮어지지 않는
다. 내가 가지지 못했다면 가지고 싶은 마음이 점점 더 커지기도
한다. 내가 이루지 못했다면 점점 더 후회로 남는다. 평생 한이
되기도 한다.

　내가 가지고 있다 해도 가진 것조차 인식하지 못할 때가 있는
그 단어가, 바로 결혼이다.

　내가 가지지 않아서 더욱더 가져야만 한다는 의무감만 증폭되
는 그 단어가, 바로 결혼이다. 결혼이라는 말이 이렇게 이중적이
고, 복합적이며, 함축적이다. 그래서 어렵다.

결혼에 대한 나만의 착각

소리 없이 빠르게 달리는 KTX는 어느새 천안아산역을 지나고 있다. 토요일이라서 그런지 기차는 점점 더 많은 승객들로 붐비고 있었다. 내리는 사람들은 선반에서 짐을 챙기고, 벗어놓은 재킷을 입고, 주섬주섬 가지고 내릴 물건을 챙긴다. 정차하는 기차역에 도착하면 앉았던 사람들의 체온이 채 식기도 전에 승차하며 바삐 자리에 앉는 사람들의 체온이 남은 빈자리의 주인이 된다. 조금 전에 내린 사람들과 똑같은 패턴으로 선반에 짐을 올려놓고, 재킷을 벗어 옷걸이에 걸어 놓는다. 자리에 앉으면 받침대 위에 핸드폰, 신문, 책, 음료나 커피, 간단한 간식거리들을 올려놓는다. 그리고 나서야 빠르게 달리는 창밖의 풍경이 눈에 들어온다.

"명애야, 따뜻한 커피 한잔할까?"

"응, 실내가 좀 건조해서 그런지 나도 진작부터 커피가 마시고 싶었는데, 미화의 센스가 아직 살아 있군."

"아직 살아 있지, 저기 온다. 요즘은 간식 카트에서 파는 커피도 너무 맛있더라구."

"커피 향기가 너무 좋다. 맛있는 커피도 마시고, 너랑 함께 이야기도 하고 참 좋은데."

따뜻한 커피를 미화가 명애에게 건넨다. 커피 향이 은은하게 주변에 퍼져 나갔다. 미화는 짜증스럽다고 생각했던 토요일 부산 출장을 이렇게 좋은 여행으로 바꾸어 준 명애가, 따뜻한 커피 한잔 같이할 수 있는 친구를 만나서 참 좋았다. 이렇게 엄청난 인연이 기다릴 줄이야, 상상도 못한 이런 행운이 올 줄이야, 기대하지 않은 기쁜 일들이 종종 일어나면 좋겠다는 욕심도 생긴다.

"지금 생각하면 내가 참 바보 같았어, 결혼이 평생직장이라고 생각했거든. 요즘처럼 이혼이 많은 시대가 올지 누가 알았겠어! 또 요즘처럼 평생직장이 무너지는 시대가 올 것이라고는 상상도 못 했잖아. 그냥 편하게 집에서 살림하고 아이 낳고 키우면 된다고만 생각했지. 시대가 변하는 것도 생각 못 하고, 또 요즘 사람들처럼 급속도로 생각이 바뀔 것이라는 것은 관심도 없었고 말이야."

"맞아. 예전에는 이렇게 좋은 세상이, 이렇게 변하는 세상이 올 거라고는 상상도 못 했어. 그런데 앞으로 10년이나 20년 후의 세상이 어떻게 바뀔지도 상상이 안 가. 지금처럼 빠르게 변하면 우리들이 생각하는 상식과 상상을 벗어난 세상이 올지도 모를 일이잖아. 아니, 지금보다 더 빠르고 획기적으로 변하겠지."

"변화에 적응하고, 변화를 받아들이는 것이 말처럼 쉽지 않아."

"나도 그래. 사람들의 가치관, 인생관, 직업관, 인간관계나 소통방법조차 너무 급격하게 변하니까 적응하기 너무 힘들고, 특히 10대와 20대와는 공감대 형성이 잘 되지 않는 것 같아. 변화를 막을 수는 없고, 변화에 적응 못하면 부적응자가 되니 무관하게 지낼 수도 없고 변화에 순응해야 하는데, 변화를 리드하자니 쉽지가 않네. 일도 사람도 변화 때문에 힘든 것이 점점 더 많아져."

"직접적인 현장에서 일하다 보니 바로 체감하겠구나. 그런데 미화야, 세상이 변하니까 사람도 변하더라, 마음도 변하더라."

"나이가 드니까 내 마음이 더 많이 변덕을 부리더라."

"하하하, 맞아. 네 말에 완전 공감해."

"이런 이야기하는 것은 나이 들었다는 증거인데…, 난 아직 젊은 사람으로 살고 싶은데."

"미화 너는 진짜 하나도 안 변했네. 대학교 다닐 때도 맨날 나이보다 철없는 사람으로 살고 싶다고 노래를 불렀는데…."

"내가 그랬어? 넌 별걸 다 기억하는구나."

"그래서 친구잖아. 누가 이런 것 기억해 주겠니?"

"맞다. 회사직원이 기억해 주겠니, 헤어진 남자친구가 기억해 주겠니. 기억해 주는 것은 명애 너밖에 없네."

직업 현장에서 변화를 직면하며 거침없이 받아들이고, 리딩해야 한다는 현실이 미화에게는 일상이었지만, 가정주부로 살아가는 명애에게는 좀처럼 와 닿는 이야기는 아니었다. 하지만 한 발짝 현실에 다가서기 위해서는 자신의 생활과 무관하여도 상식과 기본은 알아 두어야 할 필요가 있다. 명애도 집안에서 변화를 거론할 필요는 없지만 시대적 감각을 잊고 혼자서 조선 시대 사람으로 살 필요는 없다. 집이든 직장이든 어느 곳이나 사는 장소는 다르지만 동시대에 살고 있다는 것은 공감대의 트렌드, 감성, 이슈를 공유하며 살아가는 것이기 때문이다.

미화는 명애로 인해 마음이 부자가 된다. 어릴 적 사소한 말

습관까지 기억해 주는 친구도 있으니 말이다. 사회생활하며 늘 혼자라고만 생각했는데, 나 이외의 모든 사람은 경쟁자이며 적이라고 생각하고 살았는데 말이다. 가리고, 숨기고, 아닌 척, 맞는 척하지 않고 마음의 소리를 그대로 이야기할 수 있는 친구가 이렇게 좋은 거구나 싶었다.

"결혼이 평생직장인데 회사 다니는 사람들과는 다른 갈등이 생기고 힘들더라고. 그래서 아주 가끔 휴가도 가고 싶고 파업도 하고 싶은데, 결혼이라는 직장은 휴가를 가도 눈치를 보아야 하고, 또 아내와 엄마 역할의 특성상 휴가를 다 같이 가면 가는 것도 아니고 안 가는 것도 아니더라고. 몸은 더 피곤하고, 쉬었다가 온 기분보다 일하다 온 기분만 들고, 결혼 안 한 사람들은 모를 거야. 요즘은 미혼 여자들 의식이 상당히 높아져서 취직 안 되면 결혼하면 된다고 생각하는 사람은 없지?"

"예전보다는 많이 없지. 세상이 변했으니까, 여자들이 변했으니까!"

"결혼하고 싶어 안달 났었던 내가 결혼직장 20년 이상 다녀 보니까 회사 다니는 것이 낫겠다 싶어. 그래서 평생직장을 결혼으로 생각하는 여자들이 혹시나 있다면 도시락 싸들고 다니면서 뜯어 말리고 싶어!

결혼직장은 다녀도 티도 안 나고, 남편한테 월급을 받아도 뭐 하나 내 마음대로 쓸 수도 없어. 특히 가계부를 적으면 잔돈까지 아끼게 되니까 입을 만한 옷 한 벌 사는 것도 힘들다니까. 결혼은 결혼이고, 직장은 직장인데 말이야. 남편이 버는 월급과 내가 버는 월급이 다르다는 것을 깨닫는데 왜 이렇게 오랜 시간이 걸렸을까!"

아무리 좋은 이야기, 뼈가 되고 살이 되는 교훈도 직접 경험을 하지 못했을 때는 그냥 오래 듣고 싶지 않은 잔소리로 전락하게 된다. 윗사람들이 말씀해 주신 주옥같은 이야기들이 그 당시에는 계속된 잔소리쯤으로 알았는데, 세월이 흘러 아픈 경험 후에야 뒤늦게 명언으로 가슴에 남는다.

당시에 받아들이면 좋았을 말씀들은 시간을 타고 기억 저편으로 흘러간 지 오래건만, 늦었다라고 말하고 싶지 않지만, 가끔씩 너무 늦은 깨달음에 후회가 생긴다.

살아 보지 않아서 믿지 않았지만, 살아 보니 믿었어야 하는 말들이 참 많다. 겪어 보지 않아서 내 고집대로 했지만, 경험하니 내 고집을 접었어야 하는 일들도 참 많다. 내가 20~30대의 뜨거운 젊음을 가진 여자였을 때는 미처 몰랐던 것이 40대, 50대가 되어서야 진실로 느껴지는 것이다.

그래서 '다 때가 있다.'는 말이 생겼나 보다. 아무 때가 아니라 알아들을 수 있는 때 말이다. 인정할 수 있는 때, 다른 사람을 진심으로 이해할 수 있는 때 말이다.

가지 않은 길에 대한 결핍

실내 공기가 답답했던지 앞좌석에 앉은 아기가 버둥거리며 칭얼거리기 시작한다. 엄마는 아기를 안고 달래 보지만 엄마의 마음을 알 길 없는 갓난아기는 목청껏 있는 힘을 다해 울어 버린다. 엄마는 아기의 울음소리가 주변 사람들에게 민폐가 될까 염려한 탓인지 아기를 번쩍 들어 올리며 재빠르게 통로 쪽으로 걸어 나간다.

결혼도 출산도 안 했지만 미화는 이런 일쯤은 충분히 이해할 수 있는 여유가 생겼다. 젊었을 때는 아기를 울리는 엄마에게, 칭얼거리는 아이를 돌보지 못하는 것에 대해 불만이 많았었다. 그런 엄마들을 볼 때면 불편한 시선으로 바라보기도 했다. 그런데 정확하게 몇 살 때부터인지는, 어떤 이유에서인지는 모르겠지만 아무리 훌륭한 엄마라도 아이의 울음을 제어할 수 있는 것은 아니며, 칭얼거리는 아이를 달래는 것 또한 힘든 일이라는 것을 깨달았다. 그때부터 칭얼거리는 아이에게도, 울고 있는 아이를 안고 있는 엄마에게도 조금 더 너그러워졌다. 기차를 타고 이동하는 일들이 잦다 보니 이런 일들은 이젠 일상과 같은 일이 되었고, 간혹 마음의 여유가 있으면 칭얼거리는 아이를 달래기까지 한다.

"미화야, 무슨 생각해?"

"결혼은 해도 후회, 안 해도 후회라고 했잖아. 사실은 명애야, 난 결혼한 여자들, 가정주부로 살아가는 여자들이 부러울 때도 많아."

"네가 뭐가 부족해서 가정주부를 부러워해?"

"부족한 것이 많지, 너무 많지. 또 부족해서 부러운 것이 아니라 내가 가지 않은 길이라서 부러운 것 같아. 결핍이 주는 병증이랄까!"

"전업주부들이 들으면 행복에 겨운 소리 한다고 할 거야."

"그런가!"

명애가 펄펄 뛴다. 명애가 듣기에는 미화의 소리가 행복에 겨운 철없는 소리로 들리는 모양이었다. 정말 그런 것인가?

나이가 들어도 결혼을 안 하고 살면, 엄마가 되어 보지 않으면 어린애 같다고 하더니.

현실을 잘 몰라서, 혼자 사는 간편함에 익숙해져서, 행복에 겨워서 하는 소리가 되는 것인가! 미화가 어느새 철부지가 되어 철없는 응석을 부리고 있는 것인가!

사람 마음은 정말 알다가도 모르겠다. 사람 욕심의 끝이 어디까지인지도 모르겠다.

내 마음이 내 것이면서도 나 스스로도 잘 모르겠다 싶을 때도 수시로 생긴다. 미화에게는 지금 상황이 딱 그렇다. 가지 않은 길에 대한, 가지지 못한 것에 대한 일시적인 결핍증상일 뿐인지도 모르겠지만, 잠시 잠깐 아팠다가도 어느 순간 아프다는 사실조차 잊게 만든다. 보지 않으면 생각도 나지 않는 간사함도 부린다. 그러다가도 어느 순간 자신의 온 마음을 한순간에 좌지우지하기도 한다.

50살을 향해 달려가는 미화에게 결혼이라는 결핍은 어쩌면 치명적인 통증을 가져오는 병이다. 20대, 30대에는 전혀 느끼지 못했던 결핍증상은 40대가 넘으면서 말기 암환자처럼 무섭도록 아픈 통증을 유발시킨다. 그 흔한 진통제도 없이 아픈 통증을 참아내야 한다. 이 결핍이라고 하는 병은 말이다.

몇 해 전, 미화는 옷장 정리를 하다가 쓰지 않는 핸드백을 골라내어 재활용센터에 버린 적이 있었다. 구매한 지도 오래되었고, 자신이 그렇게 좋아하는 스타일의 핸드백도 아니고, 그러다 보니 10년이 넘도록 몇 번 들어보지 않았던 핸드백이었다.

미화는 쿨하게 결정하고 옷장 정리를 마치자마자 재활용센터로 가서 핸드백을 버렸다. 그런데 미화가 막 버리고 돌아서던 순간, 어떤 여자가 그것을 잡았다. 그녀는 그 핸드백을 보고는 활짝 웃으며 예쁘다느니, 멋지다느니, 세련되었다느니, 비싸 보인다느니 하면서 바로 가져가는 것이었다.

미화는 그때 알았다.

내가 버린 것을 누가 가져가면 사람 마음이 간사해질 수 있다는 것을! 괜히 버렸나 후회할 수 있다는 것을! 하찮게 생각했던 내 물건을 다른 사람이 귀하게 생각하면 버리고도 다시 찾아오고 싶은 생각이 든다는 것을 말이다.

미화는 사회생활을 하면서 또 한 가지의 사람 마음을 알게 되었다.

바로 나한테 없는 것을 가진 여자를 만나면 결핍증상이 재발

한다는 것이다. 나한테 없는 것이 물건일 수도 있고 사람일 수도 있고, 눈에 보이지 않는 무형일 수도 있고 눈에 훤히 보이는 유형일 수도 있다. 아주 비싼 고가의 것이 될 수도 있고 아주 저렴한 것일 수도 있고, 아주 큰 것일 수도 있고 아주 작은 것이 될 수도 있다.

명애는 "네가 뭐가 부족해서 가정주부를 부러워해?"라고 말했지만 솔직한 심정을 파헤쳐 보면 미화는 가정주부의 인생이, 결혼한 여자의 삶이 부러웠다. 행복한지, 불행한지 그 속내는 궁금하지도 않은 채. 부러우면 지는 것이라고 말하는 사람도 있지만, 혈혈단신 혼자서 모든 것을 해결하며 험한 인생길을 헤쳐 온 미화에게는 결혼 그 자체가 결핍이었다. 부산역에서 내려 택시 타러 가는 사이 까맣게 잊어버릴 일시적인 증상이라는 것을 알면서도 말이다.

결핍은 무섭다. 가지고 있는 것도 많으면서, 가진 것만으로도 충분히 부자인 것을 모르게 만든다. 자기가 가지지 못한 것 하나 발견하면 금세 가지고 싶어 안달나게 한다.

나한테 없는 것을 가진 사람을 올려보게 만든다. 그래서 사람이고, 사람 마음이겠지만 결핍이 만들어 내는 병증은 병원에서도 고치기 어렵다. 이 병증은 세월을 넘고 넘으면서 아무도 모르게 자신의 마음 깊은 곳에서 자라난다. 성장 속도를 조절할 수 있는 것은 온전히 자기 자신뿐이다.

미화에게도 결핍이라는 것이, 결혼이라는 결핍이 자신도 모르게 20여 년 동안 자신의 마음 안에서 거대한 공룡으로 자라난 것 같다. 어쩌면 세상의 모든 여자는―남자들은 결혼에 대한 결핍 증상을 가지고 살지 모르겠다.―결핍의 증상이 조금씩 다를 뿐, 누구나 자신이 가지지 못한 것에 대한 결핍을 숨기고 산다. 결혼이 모든 것을 해결해 주지 않는다는 것쯤은 알고 있지만, 결혼이 전부는 아니라고 말하지만, 결혼에 대한 아쉬움과 미련이 남아서 내가 가지지 못한 것에 대한 집착이 생긴다. 결혼이라는 걸 가진 사람들이 듣기에는 실속 없고 부질없는 연기 같은 이야기라고 말할지도 모르겠다.

결혼하고 싶어 안달 났던 여자, 명애는 결혼하지 않은 여자가 부럽다. 자신이 원하는 것을 이루어 나가는 당찬 여자, 자기 자신의 능력을 마음껏 발휘하는 여자, 자신의 인생을 아름답게 만들어 가고 가꾸어 가는 여자, 자신을 위해 투자하는 여자, 일에서 뜻한 바를 이루는 여자는 멀리서 바라보기만 해도 부럽다. 자

신도 그런 여자로 살아보고 싶다. 이 마음이 명애가 가진 결핍증
상이다.

집안에서 숨죽이며 목소리 낮추며 살아가는 가정주부의 인생
보다는, 어디든 날개 펴고 날 수 있는 새들처럼 자유롭게 살 수
있는 여성의 삶이 더 낫지 않을까 하고 생각한 적이 많다. 명애
는 다음 생애에 태어난다면 결혼 같은 것은 생각하기도 싫다. 온
전하게 자신을 위한 인생을 살아보고 싶다. 멋진 정장 차림과 세
련된 브로치로 멋을 내고, 다양한 사람들을 만나면서 사회적으로
주목받고, 성공한 여자의 대명사가 되어서 살아보고 싶다.

남편과 아이들의 뒷바라지에 치여 전쟁 같은 하루를 살아가는
여자의 인생보다는, 자신이 생활의 중심이 되어 하루를 조절하
며 성장하고 발전해 가는 여자의 인생을 살아보고 싶다.

성공을 향해 달려가는 여자로서의 인생은 명애가 그토록 고대
하고 살아 보고 싶은 삶이 되었다. 20년이 넘도록 전업주부로 살
아 본 명애에겐 이젠 혼자 사는 여자의 삶에 대한 목마름이 넘치
게 되었다. 가지 않은 길에 대한 결핍증상으로 힘든 것은 명애도
마찬가지였다.

KTX 창밖으로 비닐하우스 집단지가 보인다. 하우스 지붕 위

로 눈부시게 햇살이 부서진다. 비닐하우스는 따뜻한 햇살의 온기를 깊이 들이쉬어 삼키는 것만 같다. 비닐하우스 안에서는 어떤 채소들이, 어떤 과일들이 자라고 있을까? 도저히 밖에서는 알 수 없는 비닐하우스 안에 대한 궁금증이 증폭되기만 했다. 직접 들어가서 확인해야 알 수 있는 비닐하우스가 마치 사람의 인생과 닮아 있다. 직접 확인해야 명확하게 인식할 수 있다는 공통점이 마음에 든다.

미화는 남아 있는 커피를 한 모금 삼켰다. 입 안에서 잔잔하게 커피 향이 퍼져 나갔다. 커피 잔을 두 손으로 감싸 쥐었다. 아직 커피가 많이 남았다. 잠시 후면 KTX는 대전역에 다다르게 된다.

보이지 않는 이면에 담긴 더 큰 진실

"미화야, 졸업하고 어떻게 살았니?"

"눈 깜짝할 사이에 20년이 지난 것 같아."

"그렇게 바쁘게 살았던 거야?"

"뭐랄까, 극장에서 상영되지 않는 나만을 위한 한 편의 영화를 찍은 것 같아."

미화는 자신이 살아온 시간을 되돌아보면서, 추억하면서 지낼 여유도 없었던 것 같다. 명애가 궁금해 하는 자신의 이야기를 하기 위해 아주 오랜만에, 정말 오랜만에 지난 일에 대해서 한 조각 한 조각 퍼즐을 찾아내는 기분이었다.

관람객에게 상영하는 것이 목표가 아닌, 영화 그 자체가 목표인 영화랄까!

사람은 누구나 자신만의 영화를 찍는다. 흥행도 상영도 하지 않지만 자신만의 길, 자신만의 인생, 자신만의 영화를 찍으며 사는 것 아닌가!

대본도, 감독도, 배우도, 관람객도 오로지 한 사람이면 충분하다. 자신을 위한 영화니까 자신의 힘으로도 충분하다. 물론 영화를 더욱 풍성하게 만들기 위해서는 주변 사람들의 도움이 필요하다. 식사하는 장면, 일하는 장면, 운동하는 장면 등 장소를 바꾸어서 찍으면 풍성함을 넘어 더욱더 풍요로워진다. 희로애락의 감정은 밋밋한 스토리에 비타민 같은 첨가물이 된다. 이런 첨가물들은 영화의 품질을 높여 주고, 맛깔스러운 자극이 된다. 흥행몰이를 위한 첨가물이 아니라 자기 자신에게 꼭 필요한 비타민 첨가물의 섭취는 영화를 더욱 자연스럽게 만든다. 행복의 밸런스를 조절해 준다. 이것이 감독이자 주연배우이자 시나리오 작가인 자신의 스토리가 된다.

명애의 결혼식이 끝나고 한 달쯤 후에 미화는 인지도 높고 탄탄하다는 기업에 취직이 되었다. 꿈만 같이 기뻤다. 취업이 안 되면 어쩌나, 대학원에 진학해서 공부를 더 해야 하나, 어학능력을 보충하기 위해 해외연수를 다녀와야 하나, 장사를 시작해야 하나 별별 생각을 다 했었다. 지금 이 시대 청춘들같이 취업을 하기 위해 수백 통의 이력서를 쓰고, 몇 년을 고민하며 준비하는 정도는 아니었지만 그 당시에 미화도 걱정과 불안, 고민과 근심으로 취업 준비를 하고 있었다. 행운이 따랐던지 수월하게 취직이 되었고, 미화는 그때부터 마라톤이라도 시작한 마라토너처럼 계속 달려야만 했다.

교육팀으로 발령이 나고 신입사원, 대리, 과장을 거치면서 교육팀, 인사팀, 인재개발원에 이르기까지 부서를 옮기고, 휴일에도 잔업이 생기면 군소리 없이 출근 지하철을 탔고, 야근은 말할나위 없이 당연한 일상이었다.

순간순간 긴장감을 유지하며 자기계발도 계속해야만 했다. 평생직장이 사라지는 사회적, 기업적 트렌드에 순응하며, 언제 회사생활이 끝날지 모른다는 불안과 여자라는 이유로 승진에 걸림돌이 될지도 모른다는 생각에 더욱더 또 다른 무엇인가를 준비해야만 했다.

미화는 회사생활도 빠듯했지만 주말을 이용해 MBA 코스를 마치고, 박사학위에 도전했고, 직장인으로서 갖추어야 할 직무능력 교육도 틈틈이 보충했다.

시간과 노력, 금전적인 투자를 아끼지 않았다. 주변 사람들은 공부를 계속해서 좋겠다느니, 자기계발은 자신에 대한 투자라면서 부러워했지만 미화에게는 사실 좀 지치고 지겹기까지 한 일상이었다. 어느 날 문득 자기계발에 얼마큼의 투자금액이 들어갔나 하고 계산기를 두드려 보니 소형 아파트 한 채를 살 수 있는 투자금액이었다. 미화 자신도 깜짝 놀랐다. 핸드백 살 돈, 예쁜 옷 한 벌 살 돈을 아껴서 아낌없이 교육비에 투자한 것이었다.

미화는 주변 사람들에게 성공한 여자라고 인식되었다. 원만한 직장생활과 승진속도, 과감한 사직서와 사업의 시작, 자기만의 노하우와 직업적인 성장이 사람들에게 주목되었고, 언론이나 방송에도 출연했다.

20년이 넘는 시간 동안 직장과 비즈니스에서 얻은 것들은 그녀가 하루하루 전쟁터 같은 치열함과 생존본능을 통해 몸부림치며 얻어낸 것이었다. 남들은 모르는, 바깥으로는 보이지 않는 힘들고 고통스러웠던 지난날들이 깨알같이 많았다. 미화는 이런 힘든 세월과 시간, 고난의 연속인 상황들을 겪어 보지 않은 사람들에게 이해와 공감을 바라지 않았다. 일장 연설하지도 않았다. 피 터지게 싸워 본 사람만이 알 수 있다는 것을, 천만번 듣는 것으로는 도저히 알 수 없다는 것을 알고 있기 때문이다. 그래서 백문불여일견百聞不如一見이라고 하지 않았던가, 백견불여일행百見不如一行이라고 하지 않았던가!

"명애야, 20여 년의 시간을 짧게 축약하는 것은 아쉬워서 몇 날 며칠 밤새우며 말해도 부족할 거야. 내가 워낙 많은 사건사고를 겪어서, 그야말로 산전수전, 공중전까지 다 겪으며 살았다니까. 내 별명이 뭔지 알아?"

"청담동 김 여사 아녀?"

"하하하, 청담동하고는 거리가 너무 멀어 내 별명이 독사야."

"웬 독사?"

"한 번 물으면 놓지 않아서, 한 번 시작한 일은 끝을 봐야 직성이 풀려서."

명애가 깜짝 놀랐다. 명애는 우아하게 웃고 있는 미화의 얼굴 너머로 힘들게 자기 자리를 지킨 미화의 독기가 느껴졌다. 그 독기가 지금의 미화를 만들었을 테니 말이다. 여자의 힘으로 직장에서 똑 부러지게 일하며 승진하고 리더십을 발휘하는 것이 어디 쉬운 일인가! 내 남편이 퇴근하고 힘든 날이면 늘 하는 그 소리를 여자인 미화가 똑같이 겪으며 그 자리까지 갔구나 하는 측은함이 들었다.

"미화야, 뭐가 가장 힘들었어?"

"힘든 게 너무 많았어. 치열하기만 했던 거 같아. 누가 시킨 것도 아닌데, 나 스스로 잘해야 한다는 책임감 때문에. 살아남기 위한 몸부림이었던 거지, 본능적으로 말이야."

"많이 힘들었구나!"

"남들도 다 그렇게 사는데 뭐. 그런데 왜 그렇게 힘든 선택을 하면서 살았는지 모르겠어."

"누가 시킨다고 할 수 있는 것은 아니지!"

"맞아, 그렇긴 해. 나 스스로 부딪치고 도전하고 해내고 싶고, 그런 마음이 간절하게 분출되었던 거지."

뭐가 가장 힘들었느냐는 친구의 물음에 어떻게 말해야 할지, 무엇부터 말해야 할지 몰라서 침묵한 것은 아니었다. 힘든 것이 별거 없어서 대답이 짧아진 것도 아니었다. 미화는 출장 가는 기차에서 이런 일도 있구나 싶었다. 친구이기 때문에 가능하구나 싶었다.

힘들고 고달픈 직장생활을 누구에게 말할 수 있겠는가? 상사한테 말하면 나약한 부하직원으로 전락하고, 아래 직원에게 말하면 무능력한 상사로 불신을 키우게 된다. 여자의 적은 여자라고 어설픈 믿음으로 여직원과 이런 대화를 나누는 것도 위험한 대화가 되었던 적이 한두 번이 아니었다. 모두 미화가 겪어 보고 후회한 일들이었다.

사람에 대한 그리움, 마음의 굶주림

미화가 어릴 적에는 정말 몰랐다. 성공한 여자들의 화려한 겉모습이 전부라고 생각했다. 세련된 옷차림, 논리적인 말투, 매너와 교양을 갖춘 사람 대함이 보기 좋았을 뿐이었다. 모두가 부러워하는 빛나는 자리에 서 있는 모습이 성공한 여자들의 전부라고 생각했을 뿐이었다.

그러나 자신이 걸어온 길을 돌아보며, 수없이 스치고 지난 사람들의 마음을 들여다보면서 알았다. 화려하게 보이는 자리와 겉모습이 전부가 아니라는 것을, 그 자리에까지 가기 위한 과정이 얼마나 혹독하고 매서웠을지를 말이다. 어떤 방법으로 힘든 과정을 이겨냈을까 하는 궁금증이 생기기도 했다.

인정하고 싶지 않지만 인정해야 스스로 편해질 수 있었다. 바로 '세상에 공짜는 없다.'는 것이었다. 세상 사람들 모두 노력한다고 다 좋아질 수 있는 것도 아니고, 세상 모든 사람들에게 똑같은 기회가 오는 것은 더욱 아니지만 그 어떤 것이라도 희생이 따라야 원하는 것을 가질 수 있다. 공짜를 좋아하면 그 어떤 것도 가질 수 없게 된다. 호락호락한 공짜가 진심으로 원하는 것을 가져다주지는 않는다.

"뭐가 제일 힘들었는지 알아?"

미화가 명애의 얼굴을 본다. 차창으로 스며든 햇살에 명애 얼굴이 반짝이고 있었다.

"외로움."

미화의 답변은 의외였다. 명애로서는 전혀 생각하지 못한 답변이었다. 가정주부로 20여 년을 살다 보니 남편도 아이들도 귀찮을 때가 더 많았다. 혼자 있고 싶다는 생각을 간절하게 하는 때도 수시로 있었다. 단 일주일이라도 혼자 보내고 싶은 때도 있었다. 그러나 불가능한 일이었다. 늘 챙겨야 할 사람들이 있었다. 명애는 미화를 보았다. 반달 같은 미화의 눈동자 너머로 무슨 사연이 숨어 있는 것일까 궁금해졌다.

"혼자라서 홀가분하지 않아?"

"왜 그런지 항상 혼자 있는 것 같았어. 회사에 직원들과 함께 있지만 난 늘 혼자인 듯 느껴지고, 친한 사회 친구들을 만나도 마음이 제대로 열리지 않더라고.

제일 외로웠던 것은 중요한 결정을 해야 할 때였어. 그야말로 외로움의 극치라고 할 수 있었지. 나에 대한 자존감과 회사에 대한 책임감, 내가 가진 능력에 대한 믿음과 뒤따르는 불안, 뭐 이런 것들이 참 많은 생각을 불러오더라고."

"내 친구 많이 외로웠구나! 이젠 힘들 때 나한테 연락해.

내가 큰 도움이 되지는 않겠지만 너 하고 싶은 이야기는 다 들어줄 수 있어, 미화야."

"진짜?"

"그럼, 오늘 이렇게 만난 것도 특별한 일인데 앞으로 자주 통화하고 지내야지.

특히 너 힘들고 외로울 때 꼭 전화 통화하자."

명애는 미화의 손을 살포시 잡아 본다. 가냘픈 손이었다. 미화의 따뜻한 체온이 느껴졌다. 명애가 따뜻하게 위로의 말을 건네

본다. 그랬다. 성공하고 싶어 안달 난 여자, 미화가 가장 힘들었던 것은 외로움이었다. 넓고 넓은 세상에 오로지 자기 혼자서 맞서 싸워야 한다는 생각이 밀려들면 속절없이 자신이 작아졌다. 또한 그녀는 대화의 굶주림에 시달렸다.

상대방과의 대화는 서로 공감이 되어야 지속성이 있고, 지속성에 더해 공감과 교류의 비율이 적절해야 살아 있는 대화가 된다. 결혼한 여자의 대화는 남편과 아이들의 비율이 높고, 일하는 여자의 대화는 일에 대한 비율이 당연히 높다. 서로의 주제에 공감을 하지 못하게 되면 어느 사이 대화는 죽어 버리게 되고, 만남의 빈도와 대화의 시간은 점차적으로 감소하게 된다.

미화는 딱히 친하게 자주 만나는 사람도 없었고, 마음을 열고 투정을 부리면 받아줄 만한 사람도 찾지 못했다. 대화의 굶주림과 허기진 마음을 몸속 어딘가에 쌓고 또 쌓아 두는 것이 습관이 될 뿐이었다.

이런 굶주림이 세월의 시간만큼 자신의 몸속으로 뿌리 깊이 파고들어 있었다.

'주변에 사람이 많아서 좋겠다고, 항상 사람들로 북적거리는 것 같다.'고 사람들은 말하지만 미화는 그 말이 통 와 닿지 않는다. 풍요 속의 빈곤이라고 했던가. 외로움에 지쳤을 때 누구라도 통화하고 싶지만, 핸드폰의 전화목록을 아무리 뒤져봐도 결국 마음 편하게 대화할 수 있는 사람은 아무도 없었다. 대화에 대한 굶주림은 아주 오래전부터 시작되었다. 마음 트며 지낸다고 하여 속내를 줄줄이 다 꺼낼 수 있는 것은 아니었다. 마음 공간 한 번 내준 사람이라고 온전하게 믿고 비밀스러운 이야기를 마음 편하게 할 수는 없었다. 나만 이렇게 사는 것이 아니라 모든 사람이 비슷하지 않을까 싶었다. 그러다 보니 외로움도, 대화의 굶주림도, 허기진 마음도 시간이 지날수록 커져만 갔다.

마음의 동요가 휘몰아치면 걷잡을 수 없이 허무해지곤 했다.

성공하고 싶어 안달 난 여자

미화는 20년이 넘는 사회생활과 직장생활, 비즈니스 인간관계를 통해서 마음의 성숙과 능력의 성장을 맛볼 수 있었다. 까마득하게 젊은 여성들에게 사실 성공하라고 강조하고 싶지는 않았다. 직장에서의 성공이 인생에서의 성공이라고 말할 수도 없었다. 자신이 살아 보니, 성공하고 싶어 안달 났던 여자로 살아 보니 알 수 있었다.

'잘나가는 여자라고 부러워하지 마라. 성공한 여자라고 모든 것을 다 가진 것은 아니다.'라고 말하고 싶었다.

미화는 성공하고 싶어 안달 났던 여자였다. 아니 사실을 말하자면, 그녀는 인생의 목표가 성공한 여자였다고 할 수 있었다.

결혼하고 싶어 안달했던 친구 명애와는 정반대였다. 명애가 결혼을 선택했던 시절, 미화는 사회적 성공을 선택했다. 사랑하는 남자를 만나 결혼하는 것보다 성공하는 것이 자신을 더 행복하게 만들 것이라고 믿었다. 반드시 성공해야만 한다는 명확한 목표가 있었다.

　성공하기 위해 미화는 자신의 모든 것을 성공이라고 하는 것에 초점을 맞추며 살아왔다.

　대부분의 시간과 온 정성을 성공하는 것에 쏟았다. 감정을 소모하는 연애는 성공의 적이었다. 결혼과 출산은 꿈도 꾸지 않았다. 여자가 성공으로부터 멀어지기 위해서는 결혼하면 된다는 어느 성공학 강사의 말을 철석같이 믿었다.

　남들 잘 때 일어나 새벽반 외국어 학원에 다녔고, 남들 휴가 갈 때 자기계발 세미나를 쫓아다녔다. 밤이나 낮이나 성공을 원했고, 쉴 새 없이 흘러가는 땀과 시간을 하루하루 성공을 위한 밑거름이라고 생각하고, 힘겹지만 그렇게 해야만 성공한다고 믿었다.

　그렇게 10년이라는 시간이 흘렀고, 노력의 땀이 헛되지 않아 그녀는 다행히도 서서히, 아주 서서히 성공의 길로 들어서게 되었다. 그리고 또 그렇게 10년이란 시간이 흘렀다. 시간의 흐름만큼 미화는 원만한 성공의 길을 걸을 수 있게 되었다. 그러면서도 앞으로의 10년에 대한 불확실성 때문에 최근에는 많은 고민에 쌓여 있다.

"명애야, 기억나?"

"응, 뭐가?"

"학교 다닐 때 우리 집 앞마당에 등나무가 있었잖아, 평상도 있었고. 또 넝쿨진 포도나무에서 까맣게 잘 익은 포도송이 따다 먹으며 평상에 누워 이런저런 이야기했잖아."

"당연히 기억나지. 난 가끔씩 그때 생각하면 다시 돌아가고 싶어지더라."

"나도. 그때가 내 인생에서 가장 행복했던 때였던 것 같아."

"포도 넝쿨이 그늘을 만들어서 덥지도 않았고, 평상에 누워 있으면 바람도 솔솔 불고, 공부 안 하고 잠만 잔다고 엄마한테 많이 혼났었는데."

"맞아, 둘이서 공부는 안 하고 맨날 포도 따서 먹고 수다만 떨었잖아. 그때는 왜 그렇게 할 이야기가 많았는지, 지금 생각해도 참 낭만적이었어!"

미화는 명애와의 추억이 새록새록했다. 알알이 꽉 차오른 포도송이 똑 따서 한 알 한 알 입안에서 터지는 맛, 정말 맛있는 포도였다. 지금은 아름답고 아련하기만 한 추억이 되었지만, 생각할 때마다 행복해지는 기억이다. 좋은 추억 만들어서 참 다행이라는 생각이 든다.

그렇게 학창 시절의 단짝이었던 명애, 그렇게 좋아했던 명애와 20년이 넘도록 만나지 못하고 일상에 찌들어 살았다니! 미화는 자신이 생각해도 참 무심했다는 생각이 든다. 바쁘게 하루하루 살다 보니 그렇게 되었다고 말하면 누구나 그럴 수 있는 일이라고 말은 하겠지만, 자신 스스로 무심함을 넘어 불성실했던 것에 대한 죄책감이 느껴진다. 우정은 가꾸는 것이 중요한데, 변치않고 한결같은 것이라서 우정인데, 한때의 우정으로 평생을 우려먹을 수는 없는데 말이다.

"포도나무 아래에서 미화 네가 그때 그랬는데, 혼자 살면서 열심히 일해 돈 벌면 세계여행 다니며 사는 게 꿈이라고."
"맞아, 난 어릴 때부터 그런 꿈들이 마음속에 가득 차 있었어. 우리나라를 벗어나 세계로 나가고 싶었거든."
"결혼보다는 하고 싶은 것 하면서 살고 싶다고 노래 부르더니, 인생은 노래를 해야 제 갈 길 찾아가는 거니?!"

어릴 때부터 미화는 입버릇처럼 말했다. 남자 등에 기대어 살기보다는 내 능력껏 살아 보겠다고, 여자의 시대가 오면 일하지 않으면 서글퍼진다고, 여자도 평생 일하는 시대가 온다고 말이다. 그녀 자신도 먼 미래를 알고 말한 것은 아닌데 세상은 미화의 입버릇처럼 변해 가고 있었다. 성공하고 싶어 안달 난 여자들이 점점 더 많아지고 있었다. 성공학 전문가들은 여자들의 성공을 부추기고 있고, 여자들은 사회로 나와 남자들과 거침없이 경쟁을 하고 있다.

여자의 인생 그리고 여자의 성공은 무엇일까? 미화는 여자의 인생이라는 것 그리고 여자의 성공이라는 것에 대해 수없이 생각하던 때가 있었다. 제대로 세상을 보는 눈도, 사람을 가리는 지혜도 없던 20대의 부족한 생각을 앞세우며 자신만의 기준을 정리하던 시절이었다. 세월이 지나 30살이 되고, 40살이 되고, 50살이 가까워지면서 자연스럽게 보는 눈도, 상대방을 가늠하는 마음도, 더불어 상황에 맞게 넓어진 처신과 태도가 생기면서 알게 되었다. 자신이 뭐가 그리 급했던지 제대로 된 마음을 도려내며 뜨거운 열정만 앞세워 혼자만의 중심 잡기에 전념하며 살았는지 모르겠다. '조금이라도 여유를 가지고 살아가는 재미를 느꼈다면 더 좋았을 텐데.'라는 아쉬움이 삐죽 고개를 내민다.

　마음이 급한 사람은 말도 빠르다. 행동도 빠르다. 타인을 대함에도 성급하다. 물론 장단점은 있다. 시간을 단축할 수 있다는 것은 장점에 들어갈 것이다. 실수가 잦아진다는 것은 단점이 될 것이다. 미화는 성공에 안달하는 성급한 여자였다. 남들보다 더 많이, 남들보다 더 빨리라는 성급함은 직장생활에서도, 사람 만나는 일에서도, 평상시에 주고받는 간단한 대화에서도 고스란히 나타났다. 불같은 성격, 불도저 같은 추진력이란 표현들은 일상적으로 듣는 표현들이었다.

　미화는 정상이라고 하는 목표만 바라보며 산을 오르는 스타일이었다. 산을 오를 때 주변의 나무들도 보고, 지저귀는 새소리도 듣고, 바람도 느끼고, 계절감도 맛보면 좋을 텐데, 오로지 가파른 산을 올라 정상을 밟아야 한다는 생각만 했다. 그래서 산을 오르면서도 산을 몰랐다. 산을 걸으면서도 산과 하나가 되지 못했다. 지금에서야 산을 오르는 일과 사람이 살아가는 일이 같다는 것을 알았다. 상대방을 만나면서도 상대방을 모르는 것은 만나는 것도 안 만나는 것도 아니다. 조금만 여유를 가지고 사람에게 관심을 가졌다면, 주변을 둘러보았다면 좋았을 것이라고 후회한다. 목표를 이루는 것도 중요하지만 과정 또한 중요한 의미를 가졌다는 것을 진작 알았다면 좋았을 텐데 말이다. 머릿속이 복잡해진다. 엉킨 실타래처럼 감정이 뒤엉킨 모양이다.

여기저기에서 한 사람 한 사람씩 일어난다. 대전역에서 내릴 사람이 제법 많아 보인다. KTX가 생기고 대전에서 서울이나 부산으로 출퇴근하는 사람들도 많아졌다. 맞벌이 부부가 많아지면서 각자 생활하다 주말에 만나는 가정도 많아졌다. 일찍 예약을 하지 않으면 주말에는 KTX를 원하는 시간에 타기 힘들어졌다. 그만큼 많은 사람들이 이용하고 있다는 증거다. 교통의 편리함이 생활을 바꿔놓은 것이다.

기차가 도착하자 사람들이 썰물처럼 사라진다. 또한 승차하려는 사람들이 밀물처럼 우르르 몰려들었다. 좁은 통로로 사람들이 줄을 만들어 들어오고 있다. 커플 티를 입은 젊은 남녀가 손을 꼬옥 잡고 들어오는 모습이 눈에 띈다. 예쁜 강아지가 방긋 웃고 있는 후드티와 청바지를 똑같이 입었다. 사귄 지 얼마 안 된 커플처럼 서로 사랑스러워 어쩔 줄 모른다. 좌석을 찾은 남자는 여자의 좌석, 가방, 음료수까지 섬세하고 자상하게 보살펴 준다. 여자는 행복해 보인다. 세상을 다 가진 듯한 얼굴을 하고 있다. 부러운 듯 주변의 중년 여성들이 커플을 연신 쳐다본다. 부러우면 지는 것인 줄 알면서도 연신 눈이 간다.

여자의 성공을 완성시키는
세 가지 원천

"나도 일을 좀 하고 싶은데, 무엇을 해야 할지 잘 모르겠어!"

"취업하려고?"

"애들도 다 컸고, 언제까지 남편 밥이나 차리면서 지낼 수는 없잖아. 남편이 반대해서 이제까지 아무것도 못 해봤는데, 이젠 더 늦기 전에 뭔가 해 보고 싶은 마음이 들어."

"무슨 일을 해 보고 싶은데?"

"하고 싶은 것은 딱히 없는데, 요즘은 일자리 구하기가 힘드니 할 수 있는 것을 찾아야 하는 것 아냐?"

"일자리 찾기가 어렵더라도 어느 정도는 너의 적성과 성격에 맞아야 오래 할 수 있지, 하루 이틀 하고 말 것 아니라면."

"나이 들어 일을 찾으려니까 마땅치가 않아. 할 수 있는 것도 별로 없고. 매일 똑같은 일상이 너무 무료하니까 벗어나고 싶고 그래."

"급하게 생각하지 말고 천천히 어떤 것이 하고 싶은지 마음을 살펴봐. 분명히 너의 마음에서 하고 싶은 것을 찾을 수 있을 거야."

명애가 일자리를 찾는다. 뭐라고 해야 좋을까? 책에 나오는 뻔한 모범 답을 알면서도, 팍팍한 현실이 쉽지 않다는 것을 알면서도 미화는 쉽게 말이 떨어지지 않는다. 직장과 직업이 있다는 것은 어떤 의미일까? 일이라고 하는 것은 너무 많아도 불편하고, 너무 없어도 불편한 것이다. 하면 할수록 끝이 없는 것 같고, 안 하면 안 할수록 하고 싶지 않은 것도 일이다.

"미화야, 넌 어떻게 컨설팅 할 생각을 했어?"

"아주 오래전에 우연한 기회가 생겼어. 꼭 해야겠다고 생각한 것보다는 우연한 기회가 만들어졌고, 그로 인해 직업이 바뀐 거야."

"그래, 좋은 기회를 만났구나!"

"우연한 기회였어, 정말로 기대하지도 않은 기회였거든."

"그래서 우연이 필연 되고, 우연이 인연 되고, 우연이 운명 된다고 하잖아."

"그런가."

그랬다. 미화가 처음부터 컨설팅을 하고 싶었던 것은 아니었다. 미화는 남의 인생에 감 놔라 배 놔라 하는 참견이 참 싫었던 사람이었다. 다른 사람의 인생, 직장, 연애, 건강에 대해서 가타부타 끼어들고 싶지 않았다. 그런데 지금 그런 일을 하고 있다니!

물론 컨설팅이라고 하는 것은 객관적인 입장에서 진단하고 분석하는 일이지만 말이다.

미화가 20대 후반에 직장을 다니면서 일요일마다 아르바이트를 했는데, 작은 규모의 컨설팅 회사였다. 평일에는 직장에 다녔고, 주말에는 별도의 아르바이트를 했다. 투잡two job을 뛰었다. 그것이 지금의 컨설팅 회사를 운영할 수 있었던 시작이었다. 생각하지도 못한 기회였고, 자연스럽게 흘러온 시간이었다. 꼭 컨설팅을 해야겠다고 생각한 적이 한 번도 없었다. 주말이면 컨설팅 회사에서 종일 시키는 일만 했고, 처음에는 문서 작성을 하라고 해서 보고서를 만들었고, 일이 잘 적응될 쯤에는 전임 컨설턴트의 권유로 보조 컨설턴트의 역할을 맡았다. 진단하고 분석하고 개선하고 피드백하는 일련의 과정에 부분씩 참여할 수 있게 되었던 것이다. 그렇게 일이 지속되면서 컨설팅 업무 전반을 어느 정도 이해할 수 있었고, 점차적으로 일을 수행하는 능력이 조금씩 성장하게 되었던 것이었다. 7년이 넘도록 미화는 투잡생활을 했다. 고단함도 모른 채 그렇게 시간이 흘렀다.

"컨설팅 일은 적성에 잘 맞아?"

"응, 내가 하고 싶어서 선택한 일이니까, 그래서 오래 하는 것 같아. 나도 금세 싫증을 느끼는 성격이잖아. 그런데 재미도 있고 보람도 있고 그래."

"다행이네. 너희 아버지 살아 계셨을 때 맨날 너랑 나랑 공무원 되라고 하셨는데, 공무원이 제일 좋은 직업이라고 말이야."

"그랬지, 우리 아버지는 세상에서 공무원이 제일 좋은 직업이라고 믿는 사람이었거든."

"너는 맨날 아버지한테 공무원은 싫다고, 왜 자꾸 공무원 시키려고 하냐고 투정 부렸잖아."

"맞아, 어릴 때 그랬어. 아버지는 내 생각해서 공무원 되라고 했는데, 이상하게도 나는 체질에 안 맞는 것 같았거든."

"미화 네가 공무원 했으면 어땠을까?"

"난 아마 1년도 못 견디고 사표 냈을 거야."

"다 자기 일이 따로 있나 봐."

"그렇겠지, 명애 너도 너의 일이 따로 있을 거야."

아버지는 딸이 공무원이 되어 안정된 삶을 살아가기를 바라셨고, 딸은 아버지 마음도 모르고 맨날 싫다고, 정말 싫다고 투정만 부렸다. 고위 관직도 자기가 싫으면 못 하는 것 아니냐는 옛말도 있지 않은가! 자기 일을 자기가 먼저 알아보는 것이 맞을 것이다. 아버지가 그토록 바라던 공무원의 길이 미화는 직감적으로 자기의 길이 아니라는 것을 알았다. 아버지의 뜻에 따라 공무원이 되었다면 아마도 1년도 못 버티고 나왔을 것이다.

성공을 꿈꾸는 여자들, 일에 미쳐 일중독에 빠져 본 여자들은 알고 있다. 자신들이 오랫동안 일할 수 있는 이유를, 자신들이 탁월하게 성과를 드러낼 수 있는 원동력이 무엇인가를 말이다. 또한 일이란 무엇인가? 단순히 일이라고 하는 것으로 표현하기엔 어려운 것이다. 일을 통해 다양한 결과물들을 얻을 수 있기 때문이다. 성과를 통한 금전적인 보상, 높은 지위를 제공받는 것은 물론이고, 자신의 가능성과 능력을 확인할 수 있으며, 보람과 가치를 나누고, 나아가 주변에 대한 봉사로까지 확장할 수도 있다. 어디에 가치를 두느냐에 따라 똑같은 일도 만족도가 달라질 수 있는 것처럼.

"명애야, 내 생각에 오랫동안 일할 수 있고, 일로써 자신의 가치를 높일 수 있는 일에는 세 가지 원천이 필요한 것 같아."

"그래, 뭐야?"

"첫 번째 원천은 자신의 마음이 시키는 것을 해야 된다는 거야."

"하고 싶은 일을 하라는 거지?"

"맞아. 다른 사람들의 눈에 보이는 외형적인 이유를 따르는 게 아니라 자신의 내면 깊은 곳에서 원하는 갈망渴望을 따라야 제대로 된 선택이 될 수 있거든."

"그렇긴 해, 결혼도 나 스스로 결정하고 선택한 것이니까."

"내가 진심으로 하고 싶었던 것을 직업으로 선택하면 힘든 일이 닥쳐도 덜 지치고, 다시 도전하게 되거든."

한때 미화도 흔들린 적이 있었다. 돈을 많이 벌 수 있다는 말에 한동안 이직을 고민한 적이 왜 없었겠는가! 한 번뿐인 인생 제대로 벌어서 제대로 쓰며 살고 싶은 생각을 안 하고 사는 사람이 있겠는가! 미화는 결국 자신이 하고 싶은 일을 선택했다. 그 일을 통해 성공할지, 실패할지, 어떤 결과를 맞이할지 단순하고 뻔한 계산기를 두드리지 않았다. 그저 자신이 하고 싶은 일을 한다는 확실한 생각을 믿으며 무던하게 반복하고, 또 도전하고 성취하며 자신이 하고 있는 지금의 일이 천직이라고 믿을 뿐이었다. 10년은 해 보아야 그 일에 대해서 명확히 설명할 수 있고, 1만 번의 반복된 작업이 있어야 이제 조금 알 것 같다고 말할 수 있는 것이 전문가가 되는 길이라고 믿었다.

'어떤 일을 하고 싶은지 나 자신도 모르겠어.'라고 말하는 사람들이 가끔 있다. 그럴 수 있는 일이다. 이런 사람들은 자신에게 조금 더 집중하고, 투자해서 자신을 알아가는 시간이 필요할 뿐이다. 이 세상에서 나를 가장 잘 아는 사람이 타인인 것보다 내가 되는 것이 낫지 않을까? 그래야 내 자신에게도 더 당당해지지 않을까 싶다. 하루에 단 5분, 10분이라도 자신에 대해서 생각하는 시간을 가져야 한다. 이것은 미화의 주관적인 생각이지만 말이다.

"내가 나를 너무 모르는 것 같아. 가끔은 생각이 비어 버린 사람 같기도 하고, 가정주부로 살면 내가 없어진다니까. 맨날 밥하고 빨래하고 청소만 하니까 머릿속에 온통 그런 생각만 하고 산다, 내가."

"명애야, 당연하지. 직장인들은 머릿속에 일로 가득하잖아. 너는 당연히 너의 일로 가득 찬 거고. 하루하루 그렇게 다들 살아가고 있다고."

"미화 너랑 이야기하니까 내가 생각을 많이 바꾸어야겠다는 생각이 든다."

"명애 너랑 이야기하니까 내가 마음의 여유를 가지고 마음을 아름답게 가꾸어야겠다는 생각이 든다, 나는."

"여보세요, 따라 하는 거여요?"

　　미화가 생각하는 두 번째 원천은 사람이다. 이것은 자신의 마음으로부터 형성되는 것과는 거리가 멀다. 시쳇말로 사람 복, 인복 많은 사람은 원천이 떨어지지 않는다. 주변에 사람이 많다면, 주변 사람들이 나에게 긍정적으로 관계 형성이 되어 있다면, 주변 사람들이 내가 하는 일에 긍정적인 영향을 미친다면 원천이 풍부한 것이다. 두 번째 원천은 부작용도 심하게 생길 수 있다. 혼자의 노력이 노력으로만 끝나는 경우도 태반이고, 노력이 재가 되어 날아가는 경우도 있다. 더 심한 것은 노력이 화살이 되어 내게 돌아오는 경우이다.

"잘난 사람보다는 편안한 사람이 더 좋더라구. 일할 때도, 밥 먹을 때도, 수다를 떨 때도 말이야. 일하는 것이나 밥 먹는 것이나 수다 떠는 것이나 별반 다르지 않은 것 같아. 나는 서로의 마음이 공감해야 편하더라구."

"어느 정도는 이해가 된다만, 나야 집에서 맨날 보는 얼굴만 보고 살아서 그런지 일할 때 만나는 사람은 뭔가 다른 줄 알았다."

"명애야, 나는 세상에서 가장 중요한 것은 사람이라고 생각해. 사람을 통해 행복을 느끼고, 사람을 통해 생각하게 되고, 사람을 통해 도전을 꿈꾸고, 사람을 통해 희로애락喜怒哀樂이 생기는 것 같아."

"어마, 나는 어쩌지, 강아지를 통해 더 많은 사랑을 배우니. 난 나랑 같이 사는 사람이 너무 지긋지긋한데, 어쩌니!"

농담 반 진담 반으로 말했지만 명애의 말 속에 뼈가 있다. 일로 성공한 여자들은 사람의 중요성을 일찍부터 깨우친 사람들이 많다. 사람을 통해 성장한다. 자신의 멘토가 확실하고 존경하는 상사라면 제대로 대우해 준다. 자신이 총명하고 똑똑하다는 것을 알리는 것보다는 아랫사람으로서 윗사람을 존경하고 있다는 사실을 먼저 알린다. 일로 성공하고 싶은 여자들은 알고 있다. 아무리 똑똑하더라도 사람관계가 총명하지 못하면 등산화에 들어온 돌멩이처럼 거침없이 내동댕이쳐진다.

좋은 상사를 만나는 것, 나를 이끌어 주는 윗사람을 만나는 것은 반쯤 성공한 것과 같다. 이런 기회는 아무에게나 오지 않는다. 또한 이런 기회가 오도록 평상시에 준비해야 한다. 자신의 언행을 가다듬고 사람 대함을 소중하게 생각하는 마음가짐이 있어야 기회가 온다. 불현듯 기회가 올 때 서로의 마음이 통해야 제대로 만난 것이다. 내 마음과 상대방 마음이 허공에서 흩어지면 만나지 않는 것보다 못하다. 시퍼런 감정을 앞세우는 악연이 될 때도 많다.

질투가 많은 여자, 예쁘게만 보이고 싶은 여자, 자기부터 대접받기를 원하는 여자, 연약한 여자로만 보이고 싶은 여자들은 기회가 와도 상대방은 위험을 느끼고 고민하게 된다. 내공이 깊은 여자들은 여자의 한계를 벗어버린다. 여자가 아니라 동료로서, 사람으로서, 아랫사람 혹은 윗사람으로 다가선다. 여성으로서의 부담감을 날려 버리고 편안함을 제공할 수 있는 위치를 찾는다. 이것이 사람관계에서 신뢰감을 만들고, 관계적 지속성을 유지시킨다.

사람을 통해 성장하고 발전하였으니 미화는 운이 좋은 사람이다. 자신의 공을 빼돌려 승진하는 상사, 아래 직원을 부속품 대하듯 하는 상사, 자기보다 낫다 싶으면 초장부터 밟아버리는 상사, 이런 상사 저런 상사 때문에 힘겹게 직장 생활하는 사람들에 비하면 미화는 상사 복 터진 사람에 속한다. 직장에서도, 아르바이트했던 컨설팅 회사에서도 그녀를 믿고 아껴주는 윗사람들이 많았다. 뭐라도 하나 더 가르치려고 책상 옆에 세워 놓고 일장 연설하는 상사도 있었다. 실수를 연발해도 눈감아 주고, 능력이 부족해도 어깨를 두드려 주는 상사도 있었다. 이럴 때마다 미화는 자신이 전생에 나라를 구한 것이라서 하늘이 복을 주시는 것이라고 해석했다.

그리고 지금은 자신이 만난 멋진 윗사람들의 모습을 닮아 가려고 무던히 애를 쓰고 있다. 자신이 만났던 상사들의 좋은 점을 하나하나 따라하고 있다. 표정도 행동도 말투도 하나씩 하나씩 어설프지만 자신이 감동받았던 상사와 비슷해지려고 노력하고 있다. 혹시라도 나를 통해 작고 사소한 희망을 찾을 수 있는 아랫사람이 생길지 모른다는 꿈을 갖고 산다.

"미화야, 회사를 그만두고 싶은 적은 없었어? 그럴 때는 어떻게 했니? 한국 남자들이야 어쩔 수 없이 직장이라는 굴레를 벗어날 수 없지만, 여자들은 조금만 생각을 바꾸면 대안이 될 수 있는 길도 많이 있잖아. 조금 더 편하게 살고 싶은 바람은 누구나 있는 것이니까. 누구나 일을 그만두고 어디론가 떠나고 싶다는 생각을 남모르게 품고 살잖아."

"종로에서 멍석 깔아도 되겠어요."

"그 정도는 아니지, 하하."

"회사를 그만두고 싶었던 적이 수천 번, 수만 번도 넘었을 거야, 사표를 핸드백에 늘 넣고 다녔으니까. 너무 힘들어서 핸드백에서 사표를 꺼내 던져버리고 싶었던 적도 참 많았어."

"어떻게 했어?"

"사표를 던지고 싶었는데, 나를 못살게 했던 상사한테 확 뿌리고 싶었는데, 핸드백은 열지도 못하고 혼자서 서러움을 삼켰지 뭐, 별수 있겠니!"

"화장실 가서 울었구나!"

"귀신이여, 명애가."

사실 드라마에서 보던 장면일 뿐이었다. 명애에게는 와 닿는 상황은 아니었다. 겪어보지 못한 명애가 아는 척한다는 것이 좀 부자연스러웠다. 경험이 재산이고, 경험이 지혜인데, 명애는 이럴 때 직장을 다녀 보지 않은 아쉬움이 생긴다.

미화가 말하고 싶은 세 번째 원천은 바로 '끈기'였다.

'독해야 살아남는다, 독해져야 경쟁에서 이길 수 있다, 독한 여자가 성공한다, 버텨야 이기는 것이다.'라고 강조하는 성공학 전문가들이 말하는 것과 미화가 말하는 것은 사실 좀 다르다.

[끈기]라는 단어는 사전적으로 '쉽게 단념하지 아니하고 끈질기게 견디어 나가는 기운'이라고 정의되어 있다. 쉽게 단념과 포

기, 좌절하지 않고 오랫동안 지속적으로 유지해야 한다는 것을 말한다. 어느 날 미화는 생각했다. 과연 좋은 끈기란 무엇일까? 악착같은 마음, 독기 품은 심성, 아득바득 이를 갈며 오랫동안 유지하는 것이 과연 좋은 끈기일까? 인문학에선 사람은 자연스럽게 살아야 한다고 조언한다. 그런데 악착같고, 아득바득하는 마음속에는 좋은 기운보다는 좋지 않은 기운이 더 많이 가미된다. 많은 사람들이 직장에서 힘들어도 버텨야 성공한다고 말한다. 옳은 말이다. 하지만 뭔가 찜찜하다. 그대로 인정하기엔 서글픈 말이다.

좋은 끈기란 무엇인가? 미화는 자포자기하지 않는 자연스러운 지속 유지라고 생각했다. 악착을 떨지 않아도 끈기를 유지할 수 있다. 주변 사람들을 짓밟으며 성공한 여자를 존경하기는 어렵다. 다른 사람의 공을 가로채며 자기 자리에서 버티고 있는 여자를 승진가도를 달린다고 말하기도 어렵다. 독하게 마음에 칼을 갈며 성취해 낸 여자들의 리더십이 진정한 리더십인가 의심스럽기도 하다.

좋은 끈기란 자신과 타인에게 해롭지 않아야 한다. 자신만을 위한 끈기라면, 보여주기만을 위한 끈기라면 자신에게도, 타인에게도 부정적인 영향을 미칠 수 있다. 한달음에 서두르지 않고 자연스럽게 세월을 담아내는 끈기야말로 먼 훗날 웃을 수 있는 경사를 만들어 낸다.

자기 파괴의 부작용

미화의 당당한 사회생활과 성공에 대한 이야기를 들으니, 명애는 미화가 대단하게 느껴졌고, 자신과 너무 다르게 살아가는 모습에 부럽기만 했다. 명애는 자신도 모르게 스스로 초라해지고 작아져서 미화랑 눈만 마주쳐도 더더욱 왜소해지는 것 같다는 생각이 들었다. 너무 잘난 사람 옆에 있는 것은 언제 어디서나 부담스럽고, 아무리 친했던 친구이지만 수준이 맞지 않는 듯해서 명애 자신이 미화에게 피해를 주는 것은 아닐까 하는 생각마저 돋아났다.

사실 명애도 몇 해 전 자신의 길을 찾아보려고 안간힘을 쓰던 때가 있었다. 정부에서 지원하는 경력단절 여성을 위한 과정

중 취업준비과정 교육을 받으러 다녔고, 직업상담사의 심도 있는 상담과 카운슬링을 받은 적도 있었다. 교육을 받으러 다니는 사람들의 처지가 명애와 비슷해서 서로 소통하는 시간도 많아졌고, 시간이 지나면서 교육은 점점 진지해졌으며, 사회변화에 따르는 냉혹한 현실도 살벌하게만 체감되었다.

명애가 처음 교육을 받으러 갔을 때는 교육만 받아 보려고 시작하였지만, 6개월 과정을 겪으면서 참 많은 생각을 하게 되었다. 처음엔 교육을 이수하면 좋겠지 했던 마음이 어디라도 취업을 하면 좋겠다는 생각으로, 100만 원이라도 벌 수 있는 사람이 되면 좋겠다는 생각으로 조금씩 바뀌어 갔다. 남편도 아이들도 모르게 혼자서 뭔가를 해보려고 조용히 애쓰던 때였다. 남편과 아이들, 주변 사람들에게 받은 서러움을, 취업을 하고 돈을 벌면 조금이라도 바꿀 수 있겠지 하는 기대감에서 시작한 일이었다.

그러나 결혼하고 출산하여 자녀를 양육하느라 직장을 쉬게 되면 아무리 대단한 일류 대학을 나왔어도, 꽤나 인지도 높은 해외파 유학생이었다고 해도 별 볼 일 없다는 것을 명애는 뼈저리게 알게 되었다. 아무리 유능하고 잘나가던 직장을 다니고 있었더라도 경력단절 여성으로 집에서 몇 년 쉬고 난 후 재취업자리를 알아볼 땐 전 직장도, 전 직급도 무용지물이라는 것을 말이다.

경력단절 여성이 중년의 나이가 되면 재취업은 하늘의 별 따기이고, 연봉 협상은 협상장소 근처에도 가보기 어렵고, 정직원은 손가락 꼽을 정도로 희박하며, 그나마 계약직이라도 대박 맞은 것처럼 기쁜 일이었다. 팍팍한 현실을 알게 된 명애에게는.

대학을 졸업하고 단 한 달도 직장생활이란 것을 해본 적 없는 명애는 경력단절 여성 중에서도 가장 심각한 상태였다. 그야말로 '아줌마'로 전락되는 비참한 현실이었다. 그럼에도 불구하고 명애는 구직활동을 멈추지 않았다. 부족하지만 이력서를 쓰고, 또 쓰고, 또 썼다. 좋고 나쁘고 멀고 가깝고를 따지지 않았고, 계약직이고 아르바이트 사원이고 가릴 형편도 못 되었다. 명애는 취업을 하고 싶다는 생각뿐이었다. 남편의 코를 납작하게 만들고, 아이들한테 체면을 지키고 싶다는 생각뿐이었다.

이렇게 구직활동이 5개월 지나고 아무런 성과도 없던 어느 날, 명애는 깊은 좌절감에 시달리게 되었다. 함께 교육과정을 이수하며 친해졌던 민영이 엄마와 종종 커피숍에서 만나 이런저런 대화를 나누던 어느 날이었다.

"민영 엄마, 난 정말 바보 같아. 이제까지 돈을 벌어 본 적도 없지만, 앞으로도 돈을 벌 수 있는 일은 내 인생에서 오지 않을 것 같아."

"명애 씨, 갑자기 왜 그런 이야기를 해?"

"내가 너무 한심한 것 같아. 내가 할 수 있는 일이 아무것도 없어. 그러니까 주변에서 자꾸 나를 무시한 것 같아. 내가 할 수 있는 것이 무엇이 있을까 찾아봐도 아무것도 없는 거야. 나 스스로 너무 한심하고, 왜 사는지 모르겠어. 이렇게 계속 나이 들면서 돌파구를 찾지 못한 채 그냥 평생을 살아야 하는 걸까? 잠도 오지 않고, 가슴이 너무 답답해."

"명애 씨, 우리 나이 되면 대부분의 여자들이 다 그렇게 살아. 가슴에 까만 멍울을 키우면서 다들 그렇게 살아가고 있다고."

"세상이 너무 잔인하고, 나의 현실이 너무 초라해."

"명애 씨, 너무 좌절하지는 마. 세상일은 아무도 모르더라. 나도 이렇게 버티며 잘 살고 있잖아."

"이상하게도 민영 엄마한테는 내가 마음속 이야기도 털어놓게 돼."

"명애 씨한테 내가 고맙지, 누가 나한테 속마음 털어놓고 이야기하겠어. 명애 씨 아니면 누구랑 이 좋은 커피숍에 와보겠어, 기운 내봐."

민영 엄마의 말들이 명애의 눈물샘을 자극하였다. 명애는 와

르르 참았던 눈물이 울컥하는 마음과 함께 쏟아졌다. 자신의 처
지와 능력에 있어서의 한계, 그동안 도대체 무엇을 하고 살았나,
나이는 어디로 먹었나, 왜 태어나서 이렇게 주변에 민폐만 끼치
고 살고 있나, 늦은 나이에 왜 또 취업은 하겠다고 이렇게 자폭
하는지, 생각이 마구 뒤엉켜서 마음을 조절할 수조차 없었다. 두
눈에선 뜨거운 눈물이 연신 쏟아지고 있었다. 명애는 그렇게 한
참 동안 눈물을 펑펑 쏟아내며 울었다. 민영 엄마가 지켜보는 분
위기 좋은 커피숍에 앉아서.

"명애 씨, 다 울었어? 나도 그랬어! 난 구직활동을 3년째 하고
있어. 자기는 이제 겨우 다섯 달밖에 안 하고서 벌써 지치면 안 되
지. 난 너무 억울해서 취업이 될 때까지 이력서 낼 거야, 죽어도
포기 못 하겠어."

"자존심 안 상해?"

"명애 씨는 지금 자존심이 문제야? 나는 이대로 남은 인생을 포
기하면서 살고 싶지 않아. 월급이 문제가 아니야, 내가 무엇인가
를 할 수 있다는 것을 스스로 확인하고 싶어. 명애 씨도 주먹을 꼭
쥐고 힘을 내라고. 벌떡 일어나서 다시 힘내서 이력서 써 보자구."

"민영 엄마, 난 지금 같아선 정말 아무것도 하고 싶지 않아. 아
니 더 이상 상처만 받고 나가떨어지고 싶지 않아."

명애는 그날 이후 교육 과정도, 취업 활동도, 사회 활동도 중단하고 많은 시간을 집안에서만 보내고 있었다. 자신이 어떤 일을 할 수 있다는 가능성이 불가능에 가깝고, 혹시 일자리가 있어도 취직해서 적응한다는 것은 너무 두려운 일이었다. 명애는 자신에 대한 실망감과 냉혹한 현실 앞에 무릎을 꿇고 포기한 것이었다. 스스로에 대한 가능성의 기대를 접은 것이었다. 자기 파괴를 선택한 것이었다. 나 같은 여자들이 주변에 수두룩하다는 위안 아닌 위안으로 스스로를 안심시키며 사회단절, 시대단절의 길로 들어선 것이었다. 너무 두렵고 냉혹해서, 또 초라해서.

그때 이후, 미화를 만나서 다시 생각해 보는 사회생활과 직업여성에 대한 이야기가 명애에게는 쓰린 추억으로 되살아났다. 미화의 당당한 모습을 보니 자신이 너무 보잘것없는 존재 같았다. 미화가 힘들게 산 넘고 물 건넜던 직장생활에 대한 이야기보따리를 풀자 명애는 해야 할 말을 잃어버렸다. 미화에게 들키지 않으려고 안간힘을 쓰며, 아무렇지 않은 듯 성공한 여자의 이야기를 듣고 있었지만, 명애의 가슴 한구석이 싸늘하게 저려 온다. 스스로에게조차 못나게 굴었던 지난날의 상처가 KTX의 스피드보다 빠르게 명애의 마음을 후비고 지난다.

명애는 KTX 창밖을 물끄러미 바라보았다. 오늘따라 유난히 화창한 날씨, 따사로운 햇살, 초록이 가득한 들판, 평화롭게 달리는 KTX, 반면 명애는 올라갔다 내려갔다를 반복하며 현기증을 부르는 시소 위에 앉아 있는 기분이었다.

열등감 없는 곳에서 살고 싶다. 타인과 비교당하지 않는 곳에서 살고 싶다. 스스로에 대해 열중하며 살고 싶은데, 아직도 어린 아이같이 이런 작은 문제 하나 해결하지 못하고 찌질이같이 살고 있다. 이런 생각을 안 하고 사는 사람 없지만, 초라해지는 자신을 어떻게 해서라도, 무슨 방법을 강구해서라도 변화시켜 보고 싶은 것도 사실이다. 온몸에서 열이 차오르는 것 같다. 명애가 이력서를 쓰다 지쳐서 잠들 때 느꼈던 열기였다. 그러나 아무 일 없는 것처럼 잘 넘길 것이다. 명애는 맘속으로 이런 생각을 한다. 딴 생각을 하면서.

누구나 슬럼프를 겪는다

멋지게 사회생활을 하고, 자기가 맡은 일을 당차게 해내며, 당당하게 남자들을 제치고 먼저 진급하는 여자들은 지치지 않는 것일까? 어디에서 막강한 파워가 나오는 것일까? 힘들고 지치고, 모든 것을 포기하고 싶은 생각 같은 것은 애초에 스며들 틈도 주지 않는 것인가? 젊을 때야 젊다는 이유로 밀어붙일 수 있다지만, 나이가 들어도 전혀 사그라들지 않는 왕성한 활동력을 보여주는 여자들에겐 자신만이 가지고 있는 특별한 비법이라도 있는 것일까?

명애는 미화의 비법이 궁금했다. 직장생활 속에서 슬럼프가 찾아오면 어떻게 극복해 나가는지, 어떤 지혜를 발휘하여 지금까지 탄탄하게 자신이 원하는 일들을 이루면서 멋지게 살아 왔는지? 뻔한 대답이 아니라 미화의 진짜 마음을 알고 싶었다. 그래서 용기를 내어 물어보았다.

"미화야, 바보 같은 질문인지 알고 있는데, 궁금해서 못 참겠어."
"뭔데?"
"너는 슬럼프 같은 것은 없었어?"
"슬럼프? 나는 없었냐고?"
"많은 사람들이 슬럼프 때문에 힘들어하고 포기하고 좌절하고 절망하고 그렇잖아. 그런데 너는 슬럼프 같은 것은 없었어?"
"명애가 나를 너무 무쇠 같은 여자로 생각하는데…."
"너의 모습에서 슬럼프 같은 것이 느껴지지 않아서 그래."
"궁금해? 궁금하면 오백 원! 하하하."

진지한 명애의 궁금증과 장난기 넘치는 미화의 얼굴이 대조를 이루었다. 명애에게는 무겁고 힘들고 중압감만 유발시키는 슬럼프라는 말이 미화에게는 늘 겪는 사소한 말일 뿐이었다. 뭐 하나 특별할 것 없는 말이었다.

"명애야, 난 일주일에 딱 하루는 슬럼프가 꼭 찾아오더라. 정말 정확하게 한 주도 거르지 않고 아주 규칙적으로, 아주 정확하게 슬럼프가 나를 휘감아 버리더라고."

"일주일에 한 번씩 슬럼프가 찾아온다고? 설마?"

"겪어 보지 않은 사람은 모를 거야. 하여튼 나한테 슬럼프라는 이 얄미운 녀석은 일주일에 한 번씩 찾아오는 단골 고객이야. 이젠 슬럼프가 오지 않으면 무슨 일인지 내가 궁금할 정도야. 그 날짜, 그 시간에 와야 하는 사람이 오지 않으면 이상하잖아."

"그 정도야?"

"명애야, 일급비밀인데, 나는 아주 오랫동안 슬럼프 증후군이 있었어. 병도 너무 오래 앓으니까 자가로 치유하는 능력이 생기더라. 그래서 나는 어느 사이 나의 주치의가 다 되었다니까. 나만을 위한 슬럼프 치료법을 의사보다 내가 더 많이 알고 있다니까."

"슬럼프 증후군?"

"일주일에 한 번씩, 그것도 20년이 넘도록 슬럼프와 만난다고 생각해 봐. 이젠 '슬럼프' 하면 그깟 것 한번 해결해 볼까, 제대로 한 방에 보내 버릴까 하는 농담까지 나온다니까."

명애는 미화의 내공이 심상치 않게 깊다는 것을 알아차렸다. 웬만한 충격은 아예 충격이라고 말하지도 않을 듯한 기세였다. 그만큼 많이 겪어 보고 극복해 보았다는 증거겠지. 미화 스스로 슬럼프에 끌려다니지 않고 통제할 수 있는 힘이 있다는 것은 이리저리 슬럼프에 휘둘리며 사는 명애와는 딴판이었다.

명애는 자신이 너무 어리석은 질문을 한 것 같아 후회가 되었다. 슬럼프가 없는 사람이 어디 있겠는가? 힘들지 않고 모든 것을 원활하게 넘기는 사람이 몇이나 되겠는가? 혹시나 해서 물어보았지만 역시나 괜한 것을 물어보았다는 결론이었다.

"명애야, 슬럼프가 나에게 가르쳐 준 것이 몇 가지가 있어."
"슬럼프가 가르쳐 준 거?"
"죽는 날까지 슬럼프가 오지 않는 사람이 있을까? 감성의 존재인 사람이 슬럼프를 겪지 않는다는 것은 거의 불가능할 거야. 슬럼프가 찾아오는 시기도, 강약의 힘도, 반응하는 정도도 다르겠지만 인간은 슬럼프에 노출되기 쉽고, 한 번 노출되었다고 다시 오지 않는다는 법도 없잖아. 이리저리 휘둘리며 사는 것이 나는 너무 싫었어. 그래서 나는 스스로 극복하는 방법을 찾는 것이 관건이라고 판단했어. 그런데 시시때때 찾아오고, 그때마다 반응도 다르고, 슬럼프를 극복하려는 나를 조롱하는 것처럼 시간이 흐를수록 나를 더 괴롭히더라구, 이 녀석이!"

그랬다. 미화는 슬럼프 때문에 흔들리는 마음을 추스르려고 유난히도 안간힘을 쓰며 살았다. 병원에 입원할 정도의 병도 아닌 것이 걷잡을 수 없을 정도로 마음을 흔들어 놓으면 어떤 약을 써도 효과가 나타나지 않았다. 미화가 슬럼프를 제대로 받아들이기 시작한 것은 30대 초반이었다. 일상에 지치고, 업무 성과에 지치고, 까다로운 고객에게 지치고, 직장 내 인간관계에 지쳐가는 미화에게 슬럼프는 역발상이었다. 관점을 바꾸어 생각하니 슬럼프는 나를 돕는, 휴식을 알리는 알람시계 같은 것이었다. 휴식이라고 해 봐야 단 몇 시간에 지나지 않았지만, 미화에게 슬럼프라는 말은 '휴식이 필요한 것을 알려주는 셀프 건강 체크' 같은 것이었다. 이 녀석이 미화를 휘감을라 치면 미화는 단 몇 시간 동안 모든 일에서 손을 놓았다. 그러면 조금 덜 힘들게, 조금 더 빨리 짜증스러운 기분을 물리칠 수 있었다. 아무것도 하지 않는다는 점에서 일단 휴식의 시간으로 충전되는 것 같았다.

"아무것도 하지 않았다고, 미화야?"

"응, 별로 특별한 것은 없어. 그런데 슬럼프라는 말을 다르게 인식하니까 그 다음부터는 슬럼프의 증상에 대해 시큰둥해지는 거야. 그리 심각한 것이 아니라 잠시 쉬어야 하는 시간이 왔다, 이 정도로 인식하게 되니까 내 마음에서도 편해지더라구."

"내 친구 너무 대단해, 그렇게까지 마인드 컨트롤이 되다니."

"잘 모르겠어, 명애야. 그냥 좀 수월하게 슬럼프를 대했던 것 같아. 사춘기 지난 지도 벌써 오래 되었는데 유난 떨기가 좀 창피하기도 했고."

"주로 무엇을 했어?"

"일단 일을 중단하고 혼자서 밖을 돌아다녔어. 명동도 다니고 강남 지하상가도 구경하고, 공원에서 바람도 쏘이고 걷다가 좋은 음식점 발견하면 맛있는 것도 먹고, 영화도 보고 노래방 가서 노래도 하고 그랬지. 아, 꼭 혼자서 다녔어."

"좋은 방법이네. 난 늘 슬럼프가 오면 큰 등짐 하나 짊어지고 사는 것처럼 뒷목이 뻐근해지고 마음도 무겁고 언제 기분이 좋아질지 막막하기만 했는데."

"명애야, 별거 아니니 유난 떨 필요 없어. 잠시 잠깐 왔다 가는 짜증나는 기분일 뿐이라고 생각하면 슬럼프에 대해서 큰 의미를 두지 않게 된다니까. 그런데 하늘이 무너질 것 같고 대단히 힘들겠다고 생각하면, 생각하는 그 순간부터 더 힘들어지더라."

"그러네, 미화 네 말이 맞아. 난 늘 심리적인 동요와 고통에 대해 지레 겁을 먹어서 남들보다 더 힘들게 생각했던 것 같아. 이젠 좀 바뀔 때도 되었는데, 사람이 잘 안 변한다."

"명애야, 조금씩 바뀌면서 네 마음도, 세상을 보는 것도, 인생을 살아가는 것도 변하게 될 거야. 너무 한순간에 변하는 것도 위험하다고 하잖아."

심리가 현실을 지배한다. 마음이 어떻게 받아들이느냐가 상황을 어떻게 해결하느냐로 나타난다. 성공을 꿈꾸는 여자라고 슬럼프가, 짜증이 없을 리가 없지 않은가? 오히려 몇 곱절이 더 많고, 수없이 통제하고 싶어 안달하며 하루를 보내는 경우가 많다. 힘든 것, 어려운 것, 불안한 것, 불행한 것, 고통스러운 것과 직면했을 때 어떤 마음과 태도, 행동으로 받아들이고 대응하느냐에 따라서 결과가 다르게 나타난다.

많은 여성들은 말한다. 자신에게는 너무 많은 위기와 고난이 닥치는 것 같고, 다른 사람들은 아무 일 없는 듯 평온하게만 살아가는 것 같다고. 그러나 현실을 파헤쳐 보면 반대인 경우가 더 많다. 나는 사소한 상황을 대단한 사건처럼 만들며 살고, 사람들은 대단한 사건을 겪으면서도 티 내지 않고 잘 넘기고 살아서 대단한 일을 겪지 않는 것처럼 보인다. 혹시 나는 작은 것에도 유난 떨며 살고 있지 않은가!

멋지게 나이 드는 여자들

"명애야, 40살이 되기 전까지는 나는 정말 몰랐어."

"무엇을 몰랐던 거야?"

"일이 정말 좋았던 적도 많았지만, 정말 하기 싫었던 적도 많았어. 그런데 40살이 넘으면서 지긋지긋했던 일과 내 직업에 대한 마음이 바뀌는 거야. 내가 직업이 있어서, 할 수 있는 일이 있어서 참 다행이라고."

일이 좋아졌다고 말하는 미화의 이야기를 들으며 명애는 친구 미화가 어느새 자신의 지난날을 되돌아보는 성숙함을 가진 여자라는 것을 알 수 있었다.

미화는 20대, 30대를 겪으면서 지금 하고 있는 일이 있으면서도, 출근하고 있는 직장이 있으면서도 마음 한곳에서는 딴생각이 자꾸 끼어드는 걸 느낄 수 있었다. 더 좋은 직장은 없나? 다른 일을 한번 해볼까? 어떤 일을 하면 돈을 더 많이 벌 수 있을까? 어떻게 해야 성공할 수 있을까? 그러면서도 하루하루 바쁜 생활에서 벗어나지 못했다. 직업에 대한 고마운 생각도, 일에 대한 가치도 제대로 느끼지 못하면서 말이다.

어쨌든 잘되든 잘되지 않든 하고 있는 일을 멈추지만 않았을 뿐이었다. 그렇게 시간이 흐르고 흘러 하던 일에서 경력과 노하우가 쌓여 전문가가 되었다. 내가 원하지 않았지만 나는 전문가라는 소리를 듣고 있었다.

주변을 천천히 둘러보니 40살이 넘도록 자기 일을 계속 유지해 온 사람들이 많지 않았다. 잘나가는 대기업에 다녔지만 육아 때문에 사직한 여자, 능력의 한계를 넘지 못하고 직장을 그만둔 여자, 약육강식의 생존전쟁에서 밀려난 여자, 일 자체가 싫어서 그만둔 여자, 제대로 놀아보고 싶어서 사표를 던진 여자들이 많았다. 물론 인생은 사회적 잣대와 타인의 평가로 결정되는 것이 아니다. 스스로 선택하고 결정하고 만족하면 그만인 것이다. 사직서를 제출하고 가정주부로서의 삶을 산다고 해서 실패한 인생이 되는 것은 아니다. 가정주부로서의 성공적인 삶과 행복한 일상을 누리는 여성들이 곳곳에, 주변에 무척 많이 있다. 단편적인 자신만의 시선과 잣대를 들이대며 타인의 인생을 성공했다고, 실패했다고 성급하게 판단해서는 안 된다.

미화는 수천 번 직장을 그만두고 싶다는 생각을 하면서도 지금까지 하던 일을 묵묵하게 유지하고 있고, 그 묵묵한 시간이 10년이란 시간을 넘으면서 현직에서 생존하고, 왕성하게 활동하는 여자가 된 것이었다. 그만두고 싶을 때마다 1년만 더, 1년만 더 하자며 지쳐 가는 자신을 타이르고, 자신의 인내심을 남김없이 토해 내며 어려운 고비를 넘겨 왔다. 직장일 하는 사람치고 그만두고 싶을 때마다 고비고비를 넘기지 않는 사람은 없다. 그러한 일은 일상다반사이기도 하다.

"계속 일할 거지?"
"응, 그럴 것 같아. 몸이 움직일 수 있을 때까지는 무슨 일이든지 하고 싶어. 그래야 머리가 녹슬지 않지. 더 세월이 흐르면 지금처럼 이동이 많은 일을 계속하기 어려우니까 또 다른 일을 찾아야지. 나한테 어울리는 일이면 좋을 것 같아. 제2의 인생, 제3의 인생을 멋지게 살려면 지금부터 차근차근 몸도 마음도 준비해야지."

"미래를 대비하며 사는 미화 네가 참 멋있다."

"남들도 다 그렇게 사는데 뭐, 내가 뭐가 멋있어. 친구니까 너는 좋게만 보이는 거야. 명애야, 난 정말 멋지게 나이 드는 여자가 되고 싶어, 나이 들수록 멋있는 여자가 되고 싶어."

"나이 들수록 멋있는 여자!"

"응, 나이가 들수록 더 멋있어지는 여자, 나이를 잘 받아들이는 여자 말이야."

나이 들수록 멋진 여자가 된다는 것은 무엇일까? 단편적으로 결론을 내릴 수 있는 질문은 아니다. 특별한 해답이 있는 것은 더욱 아니다. 객관적인 외모만을 가지고 판단할 수 없는 것은 너무 당연하다. 사람마다 자신이 생각하는 멋진 여자의 기준이 있고, 시대에 따라서 멋진 여자의 기준이 달라지고, 문화에 따라서 '멋지게'라는 의미 또한 달라진다. 어느 관점에서 보느냐, 중요한 가치를 어디에 두느냐에 따라 멋지게 나이 드는 여자는 달라지는 것이니까.

"명애 너는 멋지게 나이 드는 여자는 어떤 여자라고 생각해?"

"나는 멋지게 나이 드는 여자는 나이 들어서도 아름답게 말하는 여자라고 생각해."

"아름답게 말하는 여자?"

"젊은 여성일수록 젊음 자체가 매력이 될 수 있잖아. 아무리 아름다운 꽃이라도 시간이 지나면 시들고 볼품이 없어지더라. 살아보니 젊음이 영원한 것은 아니니까 젊다는 게 무기가 될 수는 없더라구. 시든 꽃은 실망을 남기지만 여자는 나이가 들면서 아름다운 말을 남기는 거 같아. 부부동반 모임을 가도 그렇고, 부녀회에서 만난 여자들과 공공장소를 이용하면서도, 쇼핑을 하면서 만나는 여자들에게서도 나는 그들이 어떤 말투로 대화하느냐를 주의 깊게 보고, 멋지게 나이 들었다 아니다를 판단해."

자신이 가지고 있는 판단의 기준은 본인의 경험으로부터 체득된 범주를 크게 벗어나지 않는다. 상대방이나 상황, 환경, 사건 등의 경험에서 얻은 것들은 좋은 것과 나쁜 것을 구별할 뿐만 아니라 더 나아가 상대방을 판단하고, 자신의 가치와 기준을 설정하는 토대가 되기도 한다. 명애는 대화에 대한 경험을 중요하게 생각했다. 멋진 여자는 아름답게 대화하는 여자라고 말했다.

"나도 상대방과 말하면서 말투가 어떠냐에 따라 대응이 달라진 일들이 많았어."

"교양이 넘치는 대화법을 가진 여자를 보면 괜히 부럽고 내가 부족해 보이고, 집에 와서 나의 부족함에 반성하고 그렇더라고. 나는 멋지게 나이 드는 여자는 나이가 들수록 아름답게 대화하는 여자라고 생각해. 미화 너는 멋지게 나이 드는 여자는 어떤 여자라고 생각하니?"

"으음, 나는 자리에 맞는 여자가 멋지게 나이 드는 여자라고 생각해. 어떤 자리에서도 잘 어울릴 수 있는 여자들 있잖아."

"맞아, 모두가 즐거워하는 자리인데 한 사람이 꼭 불편하게 만들어 자리를 망치는 경우가 간혹 생기거든. 어울림이 뭔지도, 함께한다는 것이 어떤 의미인지도 모른 채 자리에 맞지 않는 언행으로 주변을 불편하게 하는 여자들이 가끔 있더라."

"튀고 싶어서 안간힘 쓰는 여자보다도, 주변 시선을 의식해서 허세 떠는 여자보다도, 오로지 자기중심적으로 생각하고 말하고 행동하는 예의를 벗어나는 여자와 함께하기가 힘들더라. 함께하는 모든 사람을 불편하게 만들지 않는 여자야말로 멋지게 나이 드는 여자가 아닐까 생각해. 무던하지만 주변을 불편하게 만들지 않고, 물이 흐르듯 자연스럽게 관계를 아우르는 여자들을 보면 너무 멋져 보여!"

"미화 네 말에 나도 완전 공감해. 사실 요즘 모임이 참 많아졌어. 모임에 가면 매력적인 여성들도 많이 만나지만, 반대로 상식에서 벗어나게 말하고 행동하는 여성들도 많더라. 아무리 개성시대라고 해도, 자기 PR시대라고 해도, 개인주의적인 생각을 가졌더라도 타인에게 불쾌감을 전달하는 언행은 많이 불편해. 모임이 끝나도 그 사람에 대한 나쁜 감정이 오래 지속된 적도 많아."

나이 들수록 멋진 여자가 되거나 나이 들수록 이상한 여자가 되는 것은 종이 한 장 차이일지도 모르겠다. 무한 개성시대라고 말하지만 개성이라고 하는 것이 상황과 자리, 상대방을 잘못 찾으면 이상한 성격이 되는 것은 시간문제이다. 개성도 좋지만 인간관계의 원만함을 모르고 혼자 사는 세상인 듯 행동하는 사람을 만나면 떫은 감을 씹은 듯 불쾌감이 오래간다.

나이 들면서 멋진 여자가 된다는 것은 자기 안에 그려진 지도를 펼치는 것일 수도 있다. 자신이 꿈꾸는 멋진 현실을 실현하는 것이니까 말이다. 멋진 여자가 되기 위해서는 공식도 정답도 없지만, 멋진 여자로 인정받는 것은 누구에게나 기쁨이고 영광이다. 또한 멋진 여자가 된다는 것은 습관일지 모르겠다. 젊은 여자라고 해서 부족한 것은 아니다. 오히려 어리고 젊을수록 멋진 여성이라면, '쿵' 하는 자극이 심장을 두드린다. 어쩌면 저렇게 어린데도 멋있는 여자가 되었을까 하는 기분 좋은 질투가 분출된다. 멋진 매력은 습관이다. 아주 작고 사소한 습관이 만들어

낸 풍요로운 결과물이다. 멋진 여자가 되는 것은 자연스럽게 반복되는 습관 길들이기가 필요하다.

"우리 서로 그런 멋진 여자로 나이 들자, 친구야."
"그래, 우리 멋지게 나이 드는 여자가 되자."

하루아침에 매력이 넘치는 사람으로 변할 수는 없지만, 미화와 명애는 매력을 넘어 타인에게 피해를 주지 않는 것도 중요한 것이라고 공감하였다. 현대적 시대에 알맞은 개성 만점, 차별화 만점도 중요하지만 결국 사람은 함께 마주 보고 두루두루 어울리면서 살아가는 사회적 존재이기 때문에, 상대방을 불편하게 만들면서 개성을 외치는 것은 기본 상식에서 벗어나는 일이다. 아무리 아름다운 외모를 가진 여자라도 주변 사람들의 눈살을 찌푸리게 만드는 행동을 하는 여자라면, 과연 매력 있는 여자라고 말할 수 있을까? 멋지게 나이 드는 것은 외모를 치장하는 것보다 내면을 더 가꿔가는 것에서 비롯되어야 맞을 것이다. 이 바쁜 세상에 내면까지 치장하면서 사는 사람이 과연 얼마나 될까? 아무리 그렇더라도 상식과도 같은 내면의 채움은 강조되어야 하는 것 아닐까! 바쁘고, 개인주의화 되는 세태에 더욱 강조해야 하는 것은 아닐까 싶다.

내 마음의 소리

"나는 어느 틈에 마음이 수시로 바뀌는 변덕쟁이가 다 되었어, 미화야."

"변덕쟁이?"

"그래, 변덕쟁이 말이야. 내가 학창 시절에도 그랬니?"

"명애야, 네가 변한 것이 아니라 학창 시절부터 변덕을 좀 부렸잖아, 크큭."

"아니거든. 옴마, 얘가 생사람 잡네."

"그런가? 내 기억엔 명애가 학교 다닐 때 변덕 좀 부렸었는데, 경화였나? 순덕이였나? 갑자기 헷갈리네."

"나는 아니거든."

철없이 변덕을 부리던 것은 아니었지만 미화의 기억 속에 명애는 가끔씩 이랬다저랬다 결정을 바꾸거나 약속을 변경하는 일이 많았다. 돈가스가 먹고 싶다고 해서 분식집에 가면 떡볶이를 먹고 나오는 경우도 가끔 있었고, 영화가 보고 싶다고 해서 영화관을 가다 보면 어느새 노래방에 가서 노래를 부르고 있었다. 앙증맞은 마음 바꿈이라고 해야 할까, 어느새 명애는 이랬다저랬다 했던 기억을 몽땅 잃어버린 양 새삼스러워 한다. 변덕을 부리는 일이 뭐 대단히 잘못한 일이라고, 큰 허점이나 되는 것이라고 말이다. 변덕은 아무것도 아닌 것을, 누구에게 큰 피해를 가하는 것도 아니고…. 변덕을 좀 부리면 어때서.

"미화야, 내가 솔직히 일하고 싶은 마음과 일하고 싶지 않은 마음이 왔다 갔다 할 때가 참 많아."

"나도 그래."

"구체적으로 무엇을 해야 할지, 무엇이 하고 싶은지 나 자신도 모를 때가 있어. 무엇인가 한 가지를 정해서 하고 싶은 것을 해야 한다고 그러던데, 나는 그게 잘 안 된다. 이것도 하고 싶고, 저것도 하고 싶고, 그러다가도 아무것도 하고 싶지 않고 말이야. 사실 그래서 어떤 일을 해야 한다는 것은 알지만 선뜻 결정을 못 할 때가 많아."

"명애야, 너만 그런 것은 아니고, 사실 나도 그래."

"미화 너도 나 같을 때가 있어?"

"나도 수시로 그렇지, 너랑 똑같은 생각을 할 때가 많아."

"나만 좀 변덕이 심해서 이렇게 집중하지 못하고 이랬다저랬다 한다고 생각하고, 내 자신이 한심스럽기까지 한 적도 있었어."

"나도 그럴 때는 정말 내 자신이 미워져서 벽에 머리를 찧을 때도 있었어."

공감이라는 것은 무엇인가? 단숨에 긴장을 해제시키는 무기이다. 걱정스러운 듯, 쑥스러운 듯, 조심스러운 듯 명애가 자신의 이야기를 꺼내 놓았고, 미화가 공감의 손을 잡자 명애는 어느새 편안한 얼굴로 되살아났다. 서울역에서 출발하여 대전역을 지나는 동안 쉬지 않고 수다 삼매경을 떨면서, 우정이라고 하는 것은 숨기고 싶은 작은 비밀마저 폭로하게 만드는 마력이 있다는 것에 놀라게 되었다. 그동안 이런 말 저런 말 하고 싶어서 어떻게 참았는지 모르겠다.

인생을 누구에게 보여 주기 위해 살고 있는가? 누군가의 칭찬을 듣기 위해 열심히 하는가? 세상에서 잘난 사람이라고 인정해 주기를 바라며 일하고 있는가? 한때 미화도 그렇게 살고 있던 적이 있었다. 내가 중심이 되어야 하는데, 자꾸 바라보는 사람의 눈을 의식해서 보여주는 생활을 하고 있는 자신을 보면서도 벗어나지 못하고 허우적거렸다. 짧지 않은 시간을 보내고 나서야 부질없음을 알았다. 자신의 인생이 아니라 다른 사람의 인생을 살고 있음에 귓바퀴가 빨개지도록 창피했고 후회가 되었다. 명애가 무엇을 말하려고 하는지 사실 어렴풋이 짐작이 가고, 명애의 마음을 충분히 이해할 수 있었다.

"명애야, 너의 마음에서 소리치는 메시지를 먼저 들어 봐."
"내 마음이 소리치는 메시지?"
"응, 사람들이 너를 변덕쟁이라고 하면 좀 어때. 너의 마음이 편안하고 즐거운 것이 더 소중하잖아!"

명애는 스스로 끈기가 부족하다고 생각했다. 그래서 무엇을 하든지 오래 지속한 적이 거의 없다. 명애 스스로 노력도 해 보고 안간힘을 다 써 보았지만 결과는 달라지지 않았다. 주변 사람들이 이런 명애를 보고 '변덕쟁이'라고 불렀고, 명애는 주변 사람들이 변덕쟁이라고 부를 때마다 기분이 좀 상했지만, 시간이 지날수록 변덕쟁이란 호칭을 들을 때마다 자기 스스로도 변덕이 심한 여자라고 인정하게 되었다. 불리는 호칭에 따라 사람이 변할 수도 있는 것인가? 하여튼 명애는 변덕쟁이라는 호칭이 마음에 들지 않는다. 변덕쟁이라는 호칭을 들을 때마다 자신이 더욱 더 예민해지고, 신경질적이 되고, 날카로워지는 것 같았다. 더 예쁘고 더 기분 좋은 호칭도 많은데…. 그래도 변덕을 부린다는 것은 잘못된 것은 아니다. 단지 마음의 변화가 조금 더 많다는 것뿐이다.

세상에 단점 없는 여자가 있을까? 아니 완벽한 여자가 있을까? 어쩌면 이것은 여자를 넘어 사람의 이야기다. 사람들은 자신이 가진 부족한 점이나 단점보다는 타인이 가진 부족한 점과 단점을 더 부각시켜 말하는 경향이 있다. 혹은 사람들은 내면의 소리보다 타인의 소리에 더 귀를 기울이며 살아가는 경향이 있다. 자신의 마음속에서 진심으로 외치는 마음의 소리보다 주변에서 왈가왈부하는 경향에 치우쳐 결정짓거나 행동하는 경우도 흔하게 볼 수 있다. 시간이 지나고 나면 그러한 결정으로 인해 후회할 일이 생긴다. 탈이 나게 된다.

"마음에서 하고 싶은 것을 먼저 하는 것은 어때? 난 그렇게 했는데, 지나고 보니 후회는 좀 덜 되는 것 같아."

"마음에서 일을 꼭 하고 싶다고 아우성이야. 미화 네가 이렇게 주말에도 열심히 일하는 걸 보니까, 나도 활력을 좀 찾아서 내 나름의 인생을 살아야겠다는 마음이 들어."

"명애야, 나는 제외시켜 줘. 오로지 너의 마음 깊은 곳에서 원하는 것을 찾아봐."

타인에게서 받는 긴장감이나 자신감, 혹은 당당함이나 소심함 등은 잠시 잠깐 지나고 나면 기억조차 나지 않는다. 그런데 내 마음의 소리를 놓치고 나면 1년이 지나서, 혹은 10년이 지나서까지도 지워지지 않고 아쉬움으로 자리 잡는다. 그래서 내 마음의 소리를 듣기 위해서 안간힘을 쓰며 자신의 시간을 가져야 한다. 들릴 듯 들리지 않아서 여차하면 그냥 지나칠 자신의 마음을 하나라도 더 들을 수 있도록 조용한 침묵이 때론 필요하다. 스스로가 주인이 되어 인생을 살아간다는 것이 얼마나 중요한지 그리고 그것이 반드시 필요하다는 것을 미화는 참 많은 시행착오를 겪으면서 깨닫게 되었다. 지금 알고 있는 것을 20대, 혹은 30대에 미리 알았다면 얼마나 좋았을까 하는 것들이 아쉽게도 태산처럼 높게 쌓여 있다.

'내 마음의 메시지를 찾아라. 나의 마음에서 원하는 것이 진정으로 내가 원하는 것이다.'

KTX 창문 밖으로 풍경화 같은 세상이 스쳐 지난다. 명애는 잠시 고요하게 밖을 바라보았다. 명애는 보일 듯 말 듯한 희미한 안개 속을 걷는 기분이 들었다.

학창 시절, 나의 꽃이 되다

"오늘은 벚꽃이 너무 예쁘니까 벚꽃 축제하는 곳에 가서 산책이나 할까?"

"너무 좋아, 이따가 만나."

명애는 자유로운 대학생활이 너무 좋았다. 보이지 않는 질서와 규칙 속에서도 자유를 만끽할 수 있고, 하고 싶은 것도 너무 많고, 누리고 싶은 것도 많고, 만나고 싶은 사람도 많았다. 대학생이 된 지 3년 차가 되면서 학교생활이 무르익어가고 있었고 마음은 더욱 여유로워졌다. 이대로 영원히 평화와 행복이 유지되면 좋겠다는 간절한 마음이 요즘 수시로 생겼다.

명애에게 월요일은 언제나 미화를 만나는 날이었다. 주말 동

안 만나지 못해 하고 싶은 이야기들을 가득 쌓아 놓았다. 지난
주 금요일 수업을 마치고 헤어졌으니 고작 이틀을 못 본 것뿐인
데 명애에게는 미화를 못 본 하루가 1년처럼 길게 느껴졌다. 두
사람은 늘 붙어 다니는 단짝이었다.

"명애야, 여기야."
"미화야, 잘 있었어?"
"난 주말이 없었으면 좋겠어, 너를 안 보니까 주말이 너무너무
지루해."
"우우~, 나도 주말이 없었으면 좋겠어."

하하, 호호, 상큼한 여대생의 웃음소리가 주변으로 퍼져나갔
다. 벚꽃 길은 나들이 나온 사람들로 가득 차서 앞으로 나아가는
것도 힘들었지만, 몽글몽글 피어난 벚꽃이 두 사람의 눈엔 황홀
하기까지 했다. 아름답게 피어난 벚꽃나무 아래서 사진도 찍고,
지나가는 사람들에게 부탁해 예쁜 포즈도 취해보고, 뭐가 그리
좋은지 연신 웃음소리가 끊이지 않으며 벚꽃 길을 여유롭게 거
닐었다. 솜사탕에 꼬치구이도 먹고 따뜻한 커피도 마셔 가며 꽃
놀이를 제대로 즐기고 있었다.

"어쩜 이렇게 예쁘니!"

"너무 아름답다. 벚꽃 길을 같이 걸으니까 너무 좋다. 미화야, 너 나중에 우리 둘이서 이렇게 벚꽃 축제에 와서 꽃구경하고, 사진 찍고, 간식 먹었던 것 잊으면 안 돼."

"당근이지, 너도 잊으면 안 돼. 나중에 꼭 확인해 볼 거야."

두 사람은 지금 이 순간을 함께한다는 것이 그 무엇과도 바꿀 수 없는 소중함이었다. 많고 많은 사람들 중에 유독 나와 마음이 잘 통해서, 학창 시절 소중한 추억을 함께하고 있는 친구가 있어 참 다행이다 싶었다. 매일매일 만나는데도 질리기는커녕 더 좋아지고 있었고, 오히려 하루라도 안 만나는 날이면 이상할 정도로 허전했다. 딱히 중요한 이야기를 하거나 긴급하게 처리해야 할 일을 하는 것도 아니었지만 마주 보고 이야기하는 것 자체가 좋았고, 함께 마음을 주고받는다는 것 자체가 소중했다. 두 사람은 서로에게 학창 시절의 꽃이 될 만큼 좋은 친구가 되어가고 있었다.

두 사람은 다음 날도, 그 다음 날도 계속된 만남으로 늘 함께했다. 말로 표현하지는 않았지만 서로에게 너무나 절실하게 소중한 사람이 되었다. 바라보기만 해도 아름다운 꽃이 되었다.

행복을 준비하는 여자

"명애야, 어제 요리학원 다녀왔어?"

"응, 어제부터 퓨전 요리 메뉴가 시작되었어."

"요리하는 것이 즐거워?"

"미화야, 내 꿈은 현모양처야. 요리 잘하는 것은 현모양처의 기본이란다. 어린 네가 뭘 알겠니, 호호호."

"내가 보기엔 네가 신기해서 그래. 어떻게 이런 천방지축 아가씨가 요리학원에 오래 다닐 수 있나, 진작에 그만둘 줄 알았는데 아직도 계속 다니고 있으니 말이야."

"이번 주에 우리 집에 오면 내가 맛있는 거 만들어 줄께, 미화를 위해서 실력 발휘 좀 해야겠는데."

"기대해도 되지?"

"당근이지, 미화야 이것 볼래?"

"뭔데?"

"너 잡채 좋아하잖아. 지난주에 잡채요리를 배웠는데, 어떻게 만드는지 알려 줄까?"

"어렵지 않아?"

"손이 많이 가긴 하는데, 처음 하는 것이라서 그런지 재밌어."

두 사람은 오늘도 아지트에서 만나 이런저런 수다 삼매경에 빠졌다. 요리에 푹 빠진 명애는 주말이면 요리학원에 다닌다. 학과 수업도 취업 준비도 아닌, 결혼해서 사랑받는 아내가 되기 위해서, 아니 명애의 말대로 행복을 준비하는 여자가 되기 위해서 요리를 배웠다.

겉모습으로 보기에 명애와 미화는 같은 학교, 같은 학과를 다니지만 조금만 더 깊숙이 들어가 보면 참 다른 생활을 하고 지냈다. 서로가 가고자 하는 길이 다르기 때문에 생긴 차이점이었다. 명애는 학교생활을 제외하고는 결혼이라는 인륜대사에 많은 것들이 맞추어져 있다. 물론 결혼할 남자와 연애를 하고 있었다.

"미화야, 나는 여자의 행복을 준비하는 여자야."

　명애가 수시로 미화에게 하는 이 말이 미화는 뜬금없는 소리 같기만 한데, 언제 졸업하고 결혼할지, 명애가 정말 취업도 하지 않고 결혼할지 미화는 의문스러웠다. 그런데도 명애는 시간이 지날수록 흔들림 없이 자신의 길을 가면서 필요한 무엇인가를 하나씩 하나씩 채워나가고 있었다.

　주말이면 요리학원에서 시간을 보냈고, 평일 수업이 끝나면 생활인테리어(주거인테리어) 동호회를 다녔고 꽃꽂이를 배웠다. 그런 자신을 명애는 행복한 여자가 되기 위한 기초 준비일 뿐이라고 말했다. 명애는 학년이 바뀌어도 요리학원을 쉬지 않았고 한·중·일식까지 섭렵할 정도로 제법 실력도 향상되었다. 꽃꽂이, 선물포장, 퀼트, 의류 수선까지 제법 능숙해져 가고 있었다. 명애는 아주 능숙하게 집안일을 처리하는 프로 주부다운 모습을 보였고, 미화가 보기에도 전혀 낯설지 않았다. 하루는 미화를 초대해 요리를 준비해 놓았다고 해서 방문해 보니, 이틀 동안 지지고 부치고 튀기고 무치고 해서 만든 음식이 20가지가 넘어 깜짝 놀란 적도 있었다.

　"이걸 혼자 다 했어?"

　"휴~, 어제부터 잠도 안 자고 계속 만든 거야. 하나씩 먹어 보고 맛이 있나 객관적으로 말해 줘야 해?"

"무슨 일이래?"

"미화야, 난 결혼 전에 요리만큼은 정말 잘하고 싶거든."

"우리 친구 빨리 결혼해야겠어. 그런데 결혼하기도 전에 병나겠어."

"호호호, 어서 먹어 봐."

"이 갈비찜도 진짜 네가 만든 것 맞아?"

"당연하지, 맛이 어때?"

"와! 진짜 맛있다. 우리 엄마가 만들어 주는 갈비찜이랑 비슷해. 너무 맛있어."

"다른 것도 빨리 먹어 봐."

"명애야, 결혼하지 말고 식당 차려서 돈 벌까, 우리?"

"에휴, 난 식당 같은 거 관심 없거든."

"이 맛있는 음식을 남편만 먹으면 아깝잖아. 네가 음식 만들고 내가 서빙할게. 졸업하고 같이 식당 하자."

"됐거든, 어서 먹기나 해. 뭐가 제일 맛있니?"

"다 맛있는데, 나는 황태구이가 제일 맛있어."

"그럴 줄 알았다니까. 너는 황태구이라면 자다가도 벌떡 일어나서 먹을 거야. 미화는 황태 귀신이라니까."

명애는 자신이 원하는 길, 자신이 걸어가야 하는 길에 필요한 준비를 하나씩 채워 가면서 한 걸음 한 걸음 결혼 앞으로 나아가고 있었다. 아내로서의 자격을 채워 나가고 있었다. 누가 시킨 것도 아닌데, 누가 강요한 것은 더욱 아닌데, 스스로 자신의 길을 아름답게 준비하고 있었다.

성공의 씨앗을 뿌리는 여자

"명애야, 오늘은 아지트에서 말고 커피숍에서 만나자."

"웬 커피숍?"

"응, 너한테 보여줄 게 있어."

"뭔데?"

"이따가 만나서 이야기해 줄게."

"궁금하단 말이야."

"궁금하면 6시까지 꼭 와야 해."

미화는 명애에게 궁금증만 남긴 채 전화를 끊었다. 명애는 너무 궁금해서 바로 달려가서 확인하고 싶었지만, 궁금한 것을 캐물어도 입을 꾹 닫고 말해 주지 않을 미화의 성격을 아는 터라 더 이상 캐묻지 않았다.

시간에 맞추어 도착한 커피숍, 명애가 출입문을 열고 들어가자 창가에 앉아 있던 미화가 명애를 반갑게 맞이하며 걸어 나왔다.

"명애야, 어서 와."

"내가 너무 늦었니?"

"아니야, 내가 좀 일찍 도착했어."

"여기는 처음인데, 너는 자주 다니는 곳이야?"

"응, 자주 오는 곳이야."

"미화야, 너무 궁금하다. 무슨 말하려고 하는 거야?"

"급하기도 해라, 우선 커피부터 마시고."

"커피는 나중에 먹고 빨리 이야기해 봐."

"아메리카노 마실 거지? 잠시만 기다려, 우선 커피 가져올게."

미화가 자리에서 일어나 커피를 주문하고, 조심스럽게 가져와 명애의 앞에 놓아준다.

"너는?"

"커피 마셔 봐, 맛이 어떠니? 커피숍 분위기는 어떻고?"

"응, 맛있네. 다 같은 커피숍이지, 뭐."

"잘 좀 봐봐."

"네 얘기가 더 궁금하단 말이야."

"명애야, 한 번만 더 봐봐 어떤지."

"응, 좋아. 의자도 편하고 매장도 크지 않아서 아늑하고…. 나쁘지 않아."

"진짜?"

"응, 그렇다니까. 이제 됐지?"

"명애야, 이 커피숍, 내가 만든 거야."

"뭐라고, 미화 너의 커피숍이라고?"

명애는 깜짝 놀라서 눈이 휘둥그레졌다. 미화를 빤히 쳐다보았다.

"언제 오픈한 거야?"

"오픈한 지 이제 한 달 됐어."

"미화 너는 참 대단하다. 어떻게 이런 걸 할 생각을 다 했어?"

"어떻게 하다 보니 그렇게 되었어. 태어나서 지금까지 모은 돈모두 다 투자했어."

"아니, 어떻게 사업할 생각을 다 했어? 미화 너는 내 친구이지만 나이보다 참 간도 크고 배짱도 좋다!"

"내가 좀 막무가내지."

"대박 나면 좋겠다. 어머, 저 앙증맞은 화분들 좀 봐. 너무 예쁘다."

"아직 아무것도 모르지만, 살아가면서 이번 커피숍 오픈한 것이 인생에 많은 도움이 되겠지. 세뱃돈, 아르바이트해서 모은 돈을 모두 탈탈 털어서 투자했는데 잘되어야지. 명애 너도 자주 놀러 와."

"도전하는 내 친구 미화, 너무 멋있다!"

생각지도 못한 커피숍 운영에 명애는 깜짝 놀랐지만 한편으로는 미화다운 일이었다. 학교 공부도 열심히 했지만 장차 장사나 사업을 해 보고 싶다고 늘 입에 달고 살더니 실행에 옮긴 것이었다. 창업이나 사업은 아무나 하는 것이 아니라고 하던데, 어린 나이에도 불구하고 시작할 수 있는 용기와 바로 실천으로 옮기는 실행력에 감탄스러울 뿐이었다. 명애가 보기엔 미화는 학생이라고 하는 신분을 가졌을 뿐 사고방식은 이미 어엿한 사장님이었다.

'10년 후 미화의 모습은 얼마나 더 멋지게 변할까?' 미화를 바라보는 명애의 눈빛에 친구에 대한 자랑스러움이 가득 차 있었다.

"명애야."

"…"

"명애야, 무슨 생각해?"

"응?"

"무슨 생각을 골똘히 하는 거야?"

"아니야, 잠시 옛 생각이 나서….'

"명애야, 손 좀 줘 봐."

"손?"

미화가 명애의 손바닥 위에 작은 무엇인가를 올려놓았다. 청포도 사탕 한 알이었다.

순간 명애는 웃음이 빵 터졌다.

"하하하, 아직도 청포도 사탕 가지고 다니는 거야?"

"그렇지 뭐."

"뭐야, 너의 청포도 사탕 사랑은 영원하구나, 가방 봐봐."

"가방은 왜?"

"옛날에 가방 속에 항상 책 반, 청포도 사탕 반이었잖아. 내가 처음 네 가방 열어 본 날 얼마나 놀랐는지 알아?"

"맞아, 내가 가방에서 영어사전 꺼내 달라고 했을 때 네가 나를 이상한 정신병자 보듯이 했어. 나도 기억나."

"그런데, 미화 너는 아직도 청포도 사탕을 좋아하는 거야?"

"응, 난 이 사탕이 참 좋아. 맛있기도 하고 어릴 적 할머니가
주신 사탕이라 추억도 있고. 먹어도 먹어도 물리지가 않는다."

누구나 자신이 좋아하는 음식 한 가지쯤은 있다. 명애가 보는
미화는 청포도 사탕에 대한 사랑이 남다르기는 했다. 20년이 넘
도록 물리지 않는다며 청포도 사탕을 가지고 다니는 친구 미화.
명애에게 미화는 달달하고 상큼하게 맛있는 청포도 사탕만큼이
나 사랑스럽다는 생각이 든다. 미화 말대로 사람은 잘 변하지 않
는 것 같다. 먹는 것 하나도, 자주 입는 옷도, 행동이나 태도, 말
하는 것까지도 변하지 않는 경우가 대부분이다. 우정도 변하지
않는 한 가지 속에 포함되어야 할 터인데. 마주보는 서로의 마음
이 청포도 사탕보다 더 소중하고, 더 오래가면서도 변치 않는 우
정이어야 할 터인데 말이다.

KTX가 동대구역에 도착한다는 안내 방송이 나왔다. 쉴 사이
없이 달려온 KTX가 고요하게 잠들었던 사람들을 깨웠다.

"정말 빨리 온 것 같아. 조금 전에 서울역을 출발했는데 벌써

동대구역이야."

"세상이 너무 좋아졌지?"

"맞아, 요즘 태어난 아이들은 이렇게 좋아진 세상에서 성장하니 풍요로움을 실감하지 못할 거야."

우르르 사람들이 올라탔고 주변 정리를 하는 사람들 때문에 실내는 순간 어수선해진다. 한 사람 한 사람 자리에 앉고 나서야 주변이 다시 잠잠해진다. 아무 일 없었던 것처럼 KTX는 다시 달리기 시작했다.

두 번 겪고 싶지 않은 것

"미화야, 배고프지 않아? 도시락 먹을까?"

"난 괜찮은데, 너는 어때?"

"나도 아직은 배고프지 않아."

"그럼 우리 커피나 한 잔 더 마실까?"

"수다 삼매경엔 커피가 최고라니까."

이동 스낵바의 따뜻한 커피 한 잔이 목마름을 적셔 준다. 그야 말로 긴 대화에는 커피가 제격이었다.

"미화야, 그때 오픈한 커피숍은 잘되었어?"

"언제?"

"학교 다닐 때 오픈한 커피숍 말이야."

"아, 무모했던 나의 젊은 날의 추억이었지. 오래 못 하고 폐업했어."

"그랬구나."

"경험도 없이 열정만 가지고 시작했잖아. 지금 생각하면 참 용감했다는 생각이 들어. 무모한 용기와 도전은 젊었을 때나 가능하더라구."

"그렇긴 해. 나이 들어 알 것 다 알고, 계산할 것 다 고려하면 도전도 용기도 쉽지가 않잖아."

"입지 상권도 그랬고, 운영 노하우도 없었고, 지금처럼 고급 커피가 대중적이었던 것도 아니고, 준비가 제대로 된 것이 하나도 없었는데…. 지금은 학창 시절의 좋은 추억으로만 기억하고 있어."

"첫 사업이 뜻대로 되진 않았지만 사업 감각을 공부한 좋은 기회였을 거야. 지금 이렇게 멋지게 사업하고 있는 것의 원동력이 된 거라고 생각되는데."

명애가 결혼을 하고 미화와 연락이 단절되면서 커피숍 경영에 대한 이야기는 전혀 알지 못했다. 단지 처음 사업에 도전한 미화가 온 열정을 다 바쳐 일을 시작했고, 많은 시간을 일에 몰입하고 있을 때쯤이었다는 것은 기억하고 있었다. 그즈음 명애가 결혼을 한 것이었으니까 말이다.

"힘들 때 옆에 있어 줘야 하는데 네 곁에 있어 주지 못해서 미안해!"

"무슨 말이야, 나 보기보다 강한 여자야. 명애야, 힘들었지만 잘 견뎌 냈어."

"알지, 우리 미화가 얼마나 잔다르크 같은 여자인지 알고 있지."

명애가 미화의 손을 잡는다. 미안함에 대한 표현이었다. 하지만 그러면서도 손 한번 잡아 준다고 미안한 것이 없어지는 것도 아니고, 아쉬움에 대한 감정이 사그라지는 것도 아니라는 생각이 들었다. 힘들 때 옆에 있어 주는 것이 진정한 친구이고, 진짜 내 사람인데 말이다. 20년을 연락 없이 살아온 스스로가 문제가 많은 친구라서 친구 자격이나 될까 싶었다. 아니 자격이 없는 거 같다.

"명애야, 경험과 실패를 통해 사람은 성장하고 성숙해지는 거 같아. 아마 커피숍이 성공했다면 지금의 내가 되지 못했을 거야. 그때 망한 것이 내 인생에서는 정말 큰 교훈이 되었어."

"모든 것을 다 바쳐서 시작했는데 그 과정 다 겪느라 얼마나

힘들었겠니. 겪어보지 않은 사람이 너의 마음을 알겠니, 어림도
없지."

"어릴 때 겪은 거라서 그나마 리스크가 작았던 것 같고, 다시
정신 차리는 데 오래 걸리지 않아서 다행이야. 지금도 그때를
생각해 보면 살아가면서 두 번 겪고 싶지 않은 경험이긴 해."

"긍정적으로 받아들이고 좋은 경험으로 쓴다고 해도 그때 너
의 마음이 안정될 때까지 얼마나 힘들었을까. 미화 네 성격이 남
한테 힘들다고 말하는 성격도 아니고 혼자서 꾸역꾸역 참고 이
겨내고 했을 텐데 말이야."

"내 맘 알아주고, 내 성격 알아주는 것은 우리 명애밖에 없다
니까. 그래서 내가 너랑 단짝이었는데 말이야."

"앞으로도 단짝 계속해야지?!"

"앞으로는 무슨 일이 있어도 전화번호 바꾸지 마."

"알았어. 바꿔도 너한테는 꼭 알려 줄게."

누구나 다시 겪고 싶지 않은 것이 있다. 그것이 사건이든, 사
람이든, 상황이든 간에 한 번의 경험으로 충분한 것 말이다. 살
아가면서 사건과 상황이 없다는 것은, 혹은 희로애락을 느끼지
못한다는 것은 비정상적인 생활이거나 인생일지도 모르겠다. 좋
은 일만 평생 일어날 수도 없고, 나쁜 일만 평생 일어날 수도 없

는 것이 인생이니까 말이다. 작고 소소하지만 일희일비—喜—悲하
는 일들은 하루에도 서너 번씩 발생할 수도 있고, 감정이 일상다
반사로 변할 수도 있다. 이것이 우리가 사는 세상사이자 사람들
의 일상이다.

　사업의 기복에 대한 뚜렷한 흥망성쇠도 모르고 미화는 학창
시절부터 사업을 시작했다. 번듯한 규모의 회사를 경영하는 사
람들이 보기엔 커피숍은 아주 작고 사소해서 사업도 아니라고
말할 수 있을 것이다. 그러나 미화에게 커피숍은 대단한 용기이
고, 도전이고, 아주 큰 사건이었다. 태어나서 지금까지 겪어보
지 못한 가장 위험한 도전이었다. 자신이 아는 것만큼 보인다고
했던가. 지금 생각하면 참 어이없고, 미화 스스로 생각해 봐도
너무 무지한 도전이었다. 사업이 무엇인지도 모르면서, 커피숍
이 어떤 상품을 어떤 고객에게 판매하는 것인지도 모르면서 시
작한 것이었다. 결과는 너무 뻔하게도 오래가지도 않고 바로 나
타났다. 미화는 첫 사업의 실패를 통해서 알게 되었다. 시작보다
끝이 더 중요하다는 것을, 어떻게 마무리를 하느냐가 더 중요하
다는 것을 그리고 끝이 지나고 나면 다시 시작이 온다는 것을 말
이다.

한동안 실패에 대한 피해는 정신적, 육체적, 생활적, 경제적 고통으로 파고들었고, 무엇 하나 성한 것이 없을 정도로 망가지게 되었다. 스스로 극복해야 살아남을 수 있을 정도로 정신적 폐허 속에 갇힌 적이 한두 번이 아니었다. 그럼에도 불구하고 오랜 시간 방황하지 않고, 좌절하지 않고, 절망의 마침표를 찍고 벗어날 수 있어서 다행이었다.

"지금은 이렇게 웃으면서 말할 수 있는데 그때는 정말 힘들었어. 사는 것까지 심각하게 고민하고 그랬거든. 지금이야 커피숍 한번 망했다고 그렇게까지 좌절할 일은 없지만 그때는 왜 그렇게 하늘이 무너지고 땅이 꺼지는 것 같았는지 모르겠어."

"그게 정상이지. 지금이야 나이 들어서 이것저것 경험이 많으니 극복할 수 있는 내성이 생겼잖아. 학창 시절 연애하다 이별하면 세상이 끝나는 것 같잖아. 학창 시절, 젊은 시절에 아무것도 도전하지 않고 허송세월을 보내는 것이 더 문제지. 너는 내 친구라서가 아니라 누가 봐도 너무나 멋진 여대생이었고, 뜨거운 청춘이었어."

"살아가면서 연애할 일이 수없이 많은데 그 생각을 못하고 연애하다 이별하면 세상이 끝나는 것 같고, 그 사람 없인 못 살 것 같고, 두 번 다시 사랑 같은 것은 할 수 없을 것 같고 그랬지. 세

월이 지나면서 자연스럽게 잊혀지고, 다시 새로운 인연을 만나
면 사랑이 찾아오는 것도 모르고 말이야."

"시간이 약이라고 어른들이 그렇게 말해도 와 닿지 않잖아. 뭐
든 자신이 직접 겪어보려 하고, 정말 아프고 힘들어 보면서 종국
에야 그렇게 대단한 일이 아니라는 것을 스스로 깨달아 가잖아.
어떤 일들은 반드시 성장통이 필요한 거 같아. 어른이 되어 간다
는 소리겠지, 지혜가 생기고 있다는 말일 거야."

무엇이든 경험해 봐야 알 수 있다. 경험이 약이 되고, 경험이
교훈이 되고, 경험이 성공의 원천이 된다. 미화도 20대 초반에
사업을 실패하면서 자신을 점점 더 단단해지도록 만들어 갈 수
있었다. 나이가 들면서 사업은 실패 확률이 더 크다는 것을 알게
되면서는 실패에 대한 두려움을 예측하고, 흔쾌히 받아들이는 내
성까지 생겼다.

성공하고 싶은 여자의 본능적인 생존능력은 남들보다 먼저 생
겨난 것 같다. 남들보다 먼저 도전하고 먼저 실패해 보면서 역
경을 더 빠르게 극복하는 힘이 생긴 것이다. 이런 복잡한 과정
을 겪으면서 미화는 알았다. 자신이 하고픈 일을 성취해 가기 위
해서는 성공 컨설팅을 받거나 전문가의 코칭보다도 자기 자신에
대한 확신과 마음경영이 최우선으로 선행되어야 한다는 것을 말

이다. 다른 사람의 인생이 아니라 제대로 된 나의 인생을 살아가기 위해서는 남보다 자기 자신에 대한 관심이 절실하게 필요할 테니까.

남편도 모르는 아내의 우울증

"명애야, 궁금한 게 있는데 물어봐도 돼?"

"편하게 물어봐."

"조심스러워서."

"궁금한 것 못 물어보고 사는 사람은 오래 못 산대, 그니까 빨리 말해 봐."

"결혼하고 왜 친구들하고 연락을 끊은 거야?"

"아~ 그거, 일이 좀 있었어."

"네가 연락을 끊을 정도면 보통 일은 아니잖아. 내가 너의 성격을 다 아는데."

"그래서 내가 너한테 얼마나 고마운지 아니, 넌 모르지?"

"뭘?"

"내가 너한테 얼마나 연락하고 싶었는지 모를 거야. 미화 네가 나한테 전화해서 불편한 마음을 파헤치지 않아서 또 얼마나 고마워했었는지도."

"어떻게 그러니, 우리 둘이 서로에 대해서 뻔히 아는데, 진짜 너를 아는데."

"그래, 맞아. 진짜 내 친구들은 내가 전화할 때까지 기다려 주더라. 그런데 진짜도 아닌 친구들이, 가짜 같지도 않은 가짜들이 전화해서 나를 마구 들쑤시고 헤집고 그러더라. 그래서 알았어, 진짜와 가짜 구분하는 법을."

"내가 모르는 일들이 많았던 거야?"

"그렇진 않아. 그런데 왜, 사람이 작은 상처에도 유난히 티 나고 쓰리고 아픈 때가 있잖아. 내겐 그때가 그랬어. 그것도 친구들한테 받은 상처 때문에."

사람 관계, 그 관계라는 것이 정답은 없지만 참 잘하고 싶은 마음은 굴뚝같은데도 현실은 딴판으로 흘러갈 때가 있다. 인간관계의 부적응자처럼 얽히고설키고 마구잡이로 흐트러진다. 누구나 잘하고 싶은 마음을 가지고 살지만, 막상 현실에서 마구잡이로 흐트러지면 마음고생에서 벗어난다는 게 말처럼 쉽지 않다. 흔히들 세 치 혀가 사람 잡는다는 속담에 웃어넘기지만, 내가 그러한 현실에 처하면 울고불고 난리치는 경우를 우린 자주 보지 않는가! 작은 불씨가 집을 태우고 큰 산을 태우는 것처럼 소소한 관계라도 조심스럽게 배려하면서 대하는 원칙을 고지식하게 지켜 나가야 할 필요가 여기에 있다.

"아무리 친한 사이더라도 최소한의 거리가 필요한 것 같아. 왜 프라이버시를 존중할 필요가 있잖아. 그런데 나는 주변 친구들과 그런 거리 조절을 잘 못했던 거 같아."

새댁이 된 명애는 핑크빛 행복만을 꿈꿨다. 마치 행복할 준비를 마친 거 같았다. 그러나 환상이 깨지는 것은 시간문제였다. 서로 마주 보더라도 공감이 되어야 제대로 된 행복이라는 것을 왜 몰랐을까! 명애의 인생 목표였던 결혼이 남편에겐 감옥처럼 느껴졌던가 보다. 명애가 결혼해 달라고 조르고 졸라서 결혼을 한 것에 대한 책임은 느꼈지만, 결혼 후 남편의 태도가 180도 달라지는 것을 보고는 참 많은 생각을 하게 됐다. 오죽하면 결혼을 무르고 싶은 생각마저 했을까! 시간이 흐를수록 남편은 점점 더 명애의 마음으로부터 멀어지기만 했다. 늦은 귀가는 일상이고 업무로 인한 스트레스를 집에서 푸는 경우가 잦아지던 것은 물론, 술에 취해 취중진담인지 주사인지 모르겠지만 수시로 명애 때문에 인생 망쳤다는 말을 해댔다. 그 와중에 친구들이 전화해서는 남편을 커피숍에서 보았다느니, 다른 여자와 함께 있다는 등의 결국에는 바람났다는 말들을 지긋지긋하게 해댔다. 남편과의 거리는 점점 더 멀어져 갔고 대화가 끊어지면서 서로에 대한 무관심은 벽처럼 단단해져 갔다. 이런 날들이 반복되면서 명애는 자신도 모르게 우울증에 빠지게 되었다.

명애는 소통이 필요한데 주변을 둘러보니 아무도 없었다. 남편이 곁에 있어도 외로움은 더 커져 갔다. 남편이 없는 것보다 못할 때가 더 많다고 하면 행복에 겨운 소리라고 비난받을지 모르겠지만, 명애의 외로움은 한도 끝도 없이 깊어만 갔다. 그 즈음에 이상한 말들을 해대는 친구들뿐만 아니라 모든 친구들과 연락을 끊게 되었다. 그야말로 최후의 방법으로 연락을 차단함으로써 자신을 보호하려 했던 것이다. 이렇게 시작된 연락 차단이 20년이 넘게 계속되었다.

"내가 예전부터 자존심이 강했잖아. 결혼하고 참 많이 외로웠어. 그런데도 주변 사람들에게 이런 말 하는 거 참, 참 어렵더라. 옆집 아줌마하고 쉽게 할 수 있는 이야기도 친구들한테는 잘 나오지 않더라구. 이거 쓸데없는 자존심 맞지?"

"세상에 그런 자존심 없는 사람이 어디 있니? 자존심이 너를 지킨 거야, 명애야."

　살다 보면, 살아가다 보면 참 많은 일들이 벌어지는데 젊을 적
에는 세상을 다 가진 것처럼, 평생 나만 행복할 것처럼, 자신만
잘난 줄 알고 불행과는 상관없는 양 행동함으로써 과신하게 되
고, 거만해지기도 하며 잘난 척하게 된다. 세월이 흐른 뒤 스스
로도 민망할 정도로 창피해지는 날이 올 것이라는 것은 꿈에도
모른 채.

　"지금은 괜찮아?"
　"내가 우울증이 심했던 것을 남편은 몰라. 내가 의욕이 없고
몸이 약해서 늘 기운 없는 것으로 알고 있거든. 그래서 혼자 새
털같이 많은 날들을 힘들게 버텨온 거 같아. 아이들이 태어나면
서 아이들 치다꺼리하느라 정신없이 보내면서 좋아지긴 했지만,
원인이 치료가 되지 않으니 가끔씩 재발하기도 해. 앞으로는 더
좋아져야지."
　"당연하지, 앞으로는 더 웃을 수 있는 일들이 많아질 거야. 또
오늘 이렇게 단짝도 만났잖아."
　"오늘은 놀라서 웃는다, 내가."

병이란 게 그렇다. 매일매일 조금씩, 좋지 않는 것을 반복하면서 쌓이고 쌓였다가 어느 순간 봇물 터지듯 참기 힘든 통증과 함께 발견된다. 매일 슬픈 생각을 하면 우울증이 되고, 날마다 술을 마시면 알코올 중독이 되고, 매사에 의심하면 의심병이 된다. 또한 정신적인 병이 그렇다. 타인보다는 자기 자신이 키우고, 자기 자신이 치유한다. 건강이 주는 행복을 건강할 때는 잘 모르다가도 아프고 나서야 후회를 한다. 직장과 일에 대한 감사함을 모르고 있다가 사직하거나 실업자가 되어서야 직장과 일에 대한 소중함을 알게 되는 것처럼.

내가 가진 것에 대한 고마움을 모르고 있다가 잃어버리고 나서야 후회를 한다. 어리석지 않고 싶은데 벗어나기가 참 어렵다. 알면서도 또 후회를 하게 된다. 그래서 사람이겠지만.

"명애야, 지난 것은 잊으라고 해서 과거이고, 다가올 것은 희망이라서 미래라고 하더라. 우리 좋은 생각 많이 하고 좋은 일들 많이 만들어 보자."

"커피 참 맛있다. 다음에 또 열차 타면 미화 네 생각하면서 커피 마셔야겠어. 이런 거는 기억해도 되지!"

함께 KTX를 타고 커피를 마시는 이 작은 기억이 어느덧 명애에게 소중한 추억거리가 되고 있었다. 인생 사는 거 별거 없다는 어른들의 이야기를 귀가 닳도록 들으면서도 아닐 거라 우겨댔던 명애! 보이지 않는 등짐 하나 지고 사는 것처럼 힘겹고 버겁기만 했던 명애는, 미화의 진심 어린 마음이 전해진 것인지 사르르 눈이 녹아내리듯 마음이 홀가분해지는 것을 느낀다. 그동안 있었는지도 모르게 잊었던 희망이 햇살 한 줌에 수줍게 고개를 내민다. 그동안 아무 일도 없었던 것처럼 오랜만에 명애의 마음에 평화가 찾아왔다.

장희빈처럼, 아니 인현왕후처럼

"어머, 너무한 거 아니야? 아무 잘못도 없는 인현왕후를 저렇
게 쫓아낼 수 있니? 권력이 저렇게 좋은 거니?"

"난 인현왕후가 답답하더라. 잘못이 없다고, 장희빈의 모략이
라고 말해야지. 교양과 덕도 좋지만 자기 자리는 자기가 지켜야
지. 침묵만 지키는데 쫓겨나는 게 당연한 것 아니야!"

"너는 어떻게 그렇게 말하니, 인현왕후가 장희빈하고 똑같으
면 좋겠어?"

"백성들의 존경과 신임도 좋지만 할 말은 하고 살아야지. 하여
튼 난 인현왕후 보면 너무 답답해."

"뭐가 답답해? 얼마나 인자하신데."

"내 성격엔 답답해서 하루도 같이 못 살겠다. 사람이 할 말은

하고 살아야지."

"아무 말이나 하고 살면 어떻게 왕후가 되니?"

"아, 몰라. 난 하여튼 인현왕후보다는 장희빈이 좋아."

"난 장희빈은 절대 아니야, 인현왕후가 훨씬 좋아."

갑자기 방문이 확 열리면서 화난 미화 엄마의 얼굴이 보였다.

"너희들 또 그러니, 드라마 좀 조용히 봐! TV 끄고 공부를 하던가! 너희 둘은 맨날 붙어 다니면서 맨날 싸움이나 하고 말이야, 아무것도 아닌 것 가지고."

드라마 주인공을 놓고 옥신각신하는 대학생 미화와 명애의 철없는 말싸움이 끝날 줄 모르자 미화 엄마가 한소리 하신다. 사실 이런 상황은 자주 있는 일이었다.

"명애 너는 공부한다고 와서 드라마만 보고 공부는 안 하고, 이럴 거면 어서 집에 가."

"엄마~."

"미화 네가 더 나빠. 공부하자고 명애 오라고 해놓고 맨날 싸움이나 하고."

"어머니 죄송해요. 이제 공부할게요. 미화야, 어서 책 보자."

이렇게 난처한 상황이 되면 명애는 센스 있게 싸움을 중단하고 마무리 지었다. 엄마가 문을 닫고 나가야 두 사람이 편해지는데, 명애는 엄마의 마음을 안심시키고 빨리 문을 닫게 하는 요령이 좋았다.

"어머니, 공부 열심히 해서 돈도 많이 벌고 미화가 효도할 거예요. 오늘 일은 없던 것으로 하시고 어서 가셔서 볼일 보세요."
"명애 이것은 넉살이 좋아서 미워하지도 못한다니까."

미화 엄마는 명애의 애교에 또 속아 넘어간다. 공부하라는 말을 남기고 조용히 방문을 닫으셨다.

명애와 미화는 비슷하지만 그 내면으로 들어갈수록 서로가 많이 달랐다. 이 다름이라고 하는 것은 두 사람이 드라마 주인공을 놓고 각을 세우는 일로 종종 나타났다. 인현왕후와 장희빈을 놓고도 둘은 수시로 각을 세웠다. 척박하고 어려운 환경 속에서도 잡초처럼 꿋꿋하게 자신을 지키고, 원하는 것을 성취하는 장희빈을 좋아하는 미화, 교양과 덕을 온몸으로 보여주며 백성들의 신뢰와 사랑을 받는 인현왕후를 좋아하는 명애, 누구처럼 살고 싶다고 말할 정도로 두 사람은 여성을 평가하는 잣대와 여성의 성공을 보는 잣대가 평행선을 이루곤 했다. 인현왕후가 성공한 여자의 인생인가, 장희빈이 성공한 여자의 인생인가를 두고 끊임없는 다툼과 설득이 계속되었다. 서로의 다름과 의견 차이를 인정하면 그만이겠지만, 서로가 바라는 여자의 모습이 다른 것을 피차 알면서도 소녀들의 마음은 상대방의 마음까지 얻고 싶어 욕심을 부렸다.

장시간의 기차 여행이 무리가 되었는지 서울에서 자리를 바꾸어 준 사람이 통로로 나와 기지개를 편다. 아직 내리지 않은 것을 보니 신경주역이나 부산역까지 가는 모양이다. 기지개 가지고는 부족했던 모양이다. 통로를 타고 열차간 이음 통로로 나가 버린다.

"미화야."
"응?"
"너 아직도 장희빈이 좋아?"
"명애 너는? 아직도 인현왕후가 좋아?"
"너부터 말해 봐."

"너도 참 뜬금없다. 20년도 지난 장희빈, 인현왕후 이야기를 왜 꺼내는데?"

"궁금해서 그래, 너 아직도 장희빈이 좋으냐고?"

"글쎄, 솔직히 지금은 인현왕후가 더 좋아졌어. 명애 너는?"

"나는 지금은 장희빈이 좋아졌는데…. 우리 둘이 서로 바뀌었네."

아이러니한 일이었다. 장희빈의 왕팬이었던 미화는 이제는 인현왕후가 더 좋아졌다고 말하고, 인현왕후가 더 좋다고 말했던 명애는 장희빈이 더 좋아졌다고 말한다.

물론 살아가면서 생각은 충분히 바뀔 수 있다. 한 가지 생각만 고수하면서 살라는 법은 없으니까. 생각은 바뀔 수 있어서 생각이니까. 시대가 변하면 주목받는 여성상은 충분히 바뀔 수 있으니까.

"우리 드라마 보면서 많이 싸우기도 했고, 너는 장희빈처럼 나는 인현왕후처럼 살겠다고 말하고 그랬잖아. 그래서 나는 아직도 너는 장희빈처럼 사는 것을 좋아할 줄 알았거든. 그런데 네가 인현왕후가 더 좋다고 말하니까 조금 놀랐어. 생각이 바뀐 계기가 있어 미화야?"

"의도적으로 바꾼 것은 아니고 살다 보니까 자연스럽게 바뀌네. 예전에 네가 말했던 것처럼 여자의 성공은 덕에서 나오는 것이 아닐까 하는 생각이 나도 모르게 마음에 자리 잡지 뭐야. 지금은 확실히 말할 수 있는데 인현왕후가 더 좋아."

마음이 변했다는 것은 경험을 했다는 것일까? 생각이 바뀌었다는 것은 깨달음에서 나온 지혜의 산물일까? 척박한 환경에서 자신의 존재감을 지키기 위해 몸부림치고, 혹독한 역경을 극복하고 나서 결국 자신이 원하는 것을 가질 수 있었던 장희빈은 어쩌면 현대사회에서 인정받는 여성일지 모르겠다. 전쟁 같은 치열한 경쟁을 뚫고 앞으로 나아가야 하는 지금 시대의 직업여성들, 억척스러운 여성들을 대변할 수 있을지도 모르겠다. 또한 미화 자신도 그런 생활을 하고 나서야 이리저리 짓밟혀도 살아남을 수 있었던 질긴 잡초였기에 지금의 모든 것을 얻을 수 있었다.

어린 시절 성공하는 여성상으로 생각했던 장희빈의 삶을 어렴풋이 경험해 본 미화는 느끼고 있었다. 장희빈의 삶보다는 인현왕후의 삶이 더 가치 있고 성공적인 삶이 아닐까 하는 생각에 치우치는 자신을. 자기 중심으로 세상을 바라보고 인생을 사는 장희빈보다는 자신의 주변을 더 배려하고 조화를 먼저 생각하는, 어찌 보면 헌신적인 삶이 한 차원 더 높은 삶은 아닐까. 사회생활하면서 종종 그런 생각이 파고들었다. 자신의 성공을 위해 주변을 황폐화시키고, 질서와 원칙을 무시하고 수많은 사람들에게 피해를 끼치는 삶이 과연 성공하는 여자가 가야 하는 길일까? 이제는 미화도 맹목적인 성공보다는 조화를 고려하는 나이가 되었다.

　명애는 미화와 정반대로 살아왔다. 자신보다는 남편과 아이들, 주변 사람들을 먼저 생각하고 돌보았다. 지금 시대의 여성과는 거리가 멀다고 느껴질 정도로 참고 인내하면서 헌신하고, 배려하고, 양보했다. 그렇게 살다 보니 어느 틈에 나는 사라지고 없었다. 폐비가 되고 병이 들어 인고의 세월을 보내야 했던 인현왕후가 사후에 더 인정받는 모습이 너무 비참하게 느껴졌던 것처럼, 자신 또한 비참한 결말을 겪지 않을까 두렵기까지 했다. 그래서 명애의 생각이 조금씩 바뀌기 시작했다. 현모양처의 인생으로 살아가는 것도 성공이지만, 장희빈처럼 자신 위주의 삶으로 살아가는 것도 성공적인 여자의 삶이 아닐까 하는 생각으로 말이다.

　지금까지 못 해보고 덮어버려야 했던 많은 것들에 대한 아쉬움! 자신이 장희빈이었다면 과감하게 시도하지 않았을까 하는 생각이 들면서도 막상 현실은 인현왕후의 틀을 벗어나지 못했다. 기껏 그 자리를 맴돌 뿐이었다. 명애는 자신을 가둔 생각의

틀에서, 권선징악의 아름답지만 답답한 틀에서 벗어나고 싶었
다. 지금 이 시대가 요구하는 여자처럼 살아야 하지 않을까. 헌
신과 배려만으로 현명한 여자의 삶이 되는 것은 아닌데, 존재감
도 못 느끼며 잘난 남편의 옆자리만으로 아름다운 성공을 이루
었다고 스스로 당당할 수 있을까? 본인의 냉정한 판단에 닭살이
돋는다.

살면서 누가 멘토가 되느냐가 그 사람의 삶의 방식을 결정짓
는 것 같다. 성공을 꿈꾸는 것도, 결혼을 꿈꾸는 것도 처음부터
그냥 생기는 것은 아닐 테니까!

잠시 후 신경주역에 도착한다는 안내방송이 나온다. 사람들이
자리에서 일어나 주섬주섬 옷을 챙기고 짐을 정리한다. 아직 도
착 전인데 통로에 한 줄로 서서 빨리 내릴 준비를 한다. 대전역
에서 탄 젊은 커플도 신경주역에서 내리는지 두 손을 꼭 잡고 통
로에 줄을 섰다. 서울을 출발해서 광명역, 천안아산역, 대전역,
동대구역을 지나 신경주역에 도착하는 KTX에 참 많은 사람들이
타고 내린다. 마치 KTX는 사람의 인생과도 같았다. 10대, 20대,
30대, 40대를 지나는 것처럼 다양한 희로애락의 얼굴들을 만들
면서 빠르게 지나가는 것 같다. 뒤돌아 지나온 역을 떠올려 보듯
내 발자취도 더듬어 가 보면 알싸하게 좋았던 순간, 아쉬웠던 순

간, 행복했던 순간, 가슴 아픈 순간 등 전반적인 삶이 아련하고
소중하다.

신경주역에서 하차한 사람들이 많아서인지 실내에 갑자기 썰
렁한 기운이 돈다. 이제 목적지가 얼마 남지 않았다는 증거다.
종착지인 부산역에 도착하기 위해 KTX는 남은 힘을 다해 달릴
것이다.

나를 위한 나의 스토리

"미화야, 부산에 갔다가 언제 서울 올라가는 거야?"

"오늘은 강의 때문에 내려온 거라 일 마치고 바로 올라갈 거야."

"강의가 언제 끝나는데?"

"4시쯤 끝나."

"힘들겠다, 오늘 내려가서 숨 돌릴 틈도 없이 바로 올라가고. 모르는 사람들이 들으면 관광 다녀서 좋겠다고 하겠지만 출장 다니는 것이 말처럼 쉽지만은 않다던데."

"괜찮아, 오랫동안 이런 생활을 해서 많이 힘들진 않아. 명애 너는 부산에 언제까지 있는 거야?"

"사실 나 아침에 남편이랑 싸우고 왔어."

"…."

"미화야, 괜찮아."

"싸우고 나왔다고 하니까 걱정되어서."

"심한 것은 아니고, 오늘 부산 간다고 하니까 남편이 반대해서 싸운 거야."

"싸우고 와서 네 마음이 심란했겠구나."

"서울역에 도착하고 KTX에 탈 때까지는 좀 그랬어. 그런데 자판기 앞에서 너 만나고 반가워서 내가 남편하고 싸운 것도 다 잊어버렸다니까."

연애만 할 때는 모른다. 연애할 때는 상상조차 못하게 된다, 사랑하는 사람과 함께 사는 것이 이렇게 힘들 거라는 것을! 결혼하고 살다 보면 아무것도 아닌 사소한 것 가지고 치고 박고 싸우는 것은 일상이라는 것을. 작은 것에 상처받고, 아무것도 아닌 일에 신경 곤두서고, 한 번 서운한 마음은 가슴 구석구석 잘도 숨어서 그 서운함을 풀기까지 꽤나 오랜 시간이 걸린다는 것을.

"신랑은 잘 있지?"

"응, 잘 지내, 여전하지 뭐."

"인표 선배, 아니 네 신랑도 결혼하니 바뀌지?"

"결혼하면 남자들은 다 바뀐다. 아니, 여자도 똑같이 바뀐다,

미화야."

　연애할 땐 그렇게 알콩달콩 사랑해서 싸움 같은 건 안 할 것 같던 부부가 결혼하면 더 무섭고 화끈하게 싸우는 경우가 많다. 서로를 너무 잘 알아서, 너무 변한 것 같아서, 너무 기대하는 것이 많아서 그런 것인지도 모르겠다. 사랑이 변하지 않고 계속 유지된다는 것은 말처럼 쉬운 것은 아니다.

　"부산에 가지 말라고, 여자가 어디 나돌아 다니느냐고 해서 아침에 싸웠는데, 내가 그냥 나왔어. 바람이라도 쐬고 싶어서."
　"잘했어, 이왕 나온 김에 시원한 부산 바람 좀 실컷 쐬고 가."
　"그러게, 부산 갈매기랑 사진 좀 찍고 가야겠어. 또 이렇게 나오니까 생각지도 못한 미화 너도 만나고 얼마나 좋니."

　명애는 아침에 남편과 다툰 생각을 하니 서운한 마음이 솟아오르는 것 같았다. 남의 속도 모르고, 아내 마음도 모르고 오로지 자기 뜻대로 살아가는 남편이 너무 무심하고 서운했다.

　"미화야, 내가 요즘에 너무 마음이 우울하면서 허전하고 공허했어."

"살다 보면 가끔 그렇기도 하잖아. 나는 서른 살이 되는 해에 이젠 정말 내 인생은 끝이구나 하는 절망감이 들더라. 너무 나이가 많아서 이젠 끝이라고 생각하니 서러워서 며칠 밤을 울었어. 지금 생각하면 내가 나를 봐도 너무 철이 없었던 것 같아."

"주변 사람들을 둘러봐도 나같이 사는 사람이 별로 없는 거야. 물론 내가 내 인생 경영을 잘못해서 이렇게 되지 않았나 하는 생각을 하면 짜증도 못 내."

"명애야, 너는 지금도 너무 멋지게 잘 살고 있어."

"너는 내 친구라서 그렇게 보이는 것뿐이야."

명애는 자신이 살아온 길이 썩 흡족하지 않았다. 누가 시켜서 살아온 것도 아닌데, 내 스스로 선택해서 살아온 것인데, 그래서 더 불만스러운지도 모르겠다. 남편이 아이를 낳고 직장을 다녀 보는 것은 어떻겠냐고 제안을 했을 때도, 둘째가 대학을 들어가자 무엇인가 명애 자신을 위해 할 수 있는 것을 찾아보라고 했을 때도, 명애는 고민할 필요도 없이 단숨에 거절했다. 남편 내조하고 아이들 잘 키우는 것이 명애의 할 일이고, 더 이상 다른 일 같은 것은 하고 싶지도 않다고 말이다.

남편과 아이들만을 보고 20여 년을 살아왔다. 그러다가 어느 순간 가슴이 뻥 뚫린 것처럼 비어 가기 시작했다. 아무것도 해

놓은 것 없이 그냥 시간만 보낸 것 같은 자괴감과 무력감이 명애를 휘감기 시작했다. 우울증이 시작된 것이다. 길고 긴 인생에서 절절한 사연 하나, 긴박한 사고 하나, 죽을 만큼 힘들었다는 사건 하나 없는 사람은 없다. 누구나 그렇게 이런저런 사건과 사고를 만들면서 살아간다. 문제는 이런 긴박하고 힘든 상황을 어떻게 헤쳐 나갈 수 있느냐이다. 지혜롭지 못하면 낭떠러지에 처박히기 일쑤이고, 똑같은 실수를 반복하기 쉬운 것은 누구에게나 해당되는 것이다.

명애는 힘든 상황이 닥쳐올 때마다 지혜롭지 못한 선택을 했던 것 같다. 똑같은 상황에서도 반복적인 실수를 연달아 하고, 좌절과 절망을 빨리도 받아들였던 것 같다. 타인과 무관하게 많은 날을 암울하고 어둡게 살아온 것만 같다. 때늦은 후회일지라도 이제는 벗어나고 싶다. 벗어나야 한다는 생각을 끔찍이도 많이 했지만 좀처럼 벗어날 수 없었던 것이 현실인데, 오늘은 오랜만에, 정말 오랜만에 학창 시절 단짝 친구를 만나 힐링healing하는 호사를 누린다.

변하고 싶다면 나보다 더 멋진 사람을 찾아라. 가서 만나 어떻게 더 멋진 사람이 되었는지 확인하고, 그 사람을 모방하라. 모방을 넘어 자신만의 멋진 모습을 창조하라!

변하고 싶지만 어떻게 변해야 할지 몰라 막연히 고민만 하다 끝나는 일이 잦았는데, 우연찮게 만난 친구 미화의 모습을 보고 '미화처럼' 변하고 싶다는 욕심이 생긴다.

명애에게도 희망이 보인다.

"미화야, 나도 많이 변하고 싶어."

"변하고 싶어?"

"멋진 여자로 다시 태어나고 싶다고, 너처럼."

"무슨 말이야, 난 명애 너 보니까 너처럼 되고 싶은데."

"농담 마세요, 내가 정말 친구처럼 멋진 여자가 되고 싶다고요."

내가 가진 것보다 타인이 가진 것이 먼저 보인다. 그래서 사람은 행복과 불행을 넘나들어야 하고, 내가 가지지 못한 것을 가져 보고 나서야 호기심에 쌓인 감정을 버릴 수 있다. 이런 불필요한 시간 낭비를 할 때가 진정 많다. 괜한 욕심을 부리는 경우가 참 많다. 가진 것만 잘 지켜도 이미 부자인 것도 모르고 가지지 못한 것을 찾아 헤매느라 가진 것조차 잃어버리게 된다. 미련한 생각을 빨리 버려야 한다는 것을 알면서도, 욕심 때문에 차마 버리지 못하는 것이 끝내는 후회로 남는다.

"명애야, 나는 최근에 알았어. 다른 사람보다 내 스스로에게 관심을 기울여야 한다는 것을 정말 최근에 알았어."

"왜 갑자기 그런 생각을 했어?"

"나의 스토리, 나의 역사가 내 인생의 모든 것이라는 걸 알았거든."

미화가 마흔두 살이 되던 어느 가을, 10년이 넘도록 등산모임을 함께한 친한 친구가 교통사고로 갑자기 세상을 떠났다. 마음을 터놓고 지내는 친구가 많지 않았던 미화는 너무 갑작스러운 일이라 한동안 마음이 몹시 힘들었다. 10년이 넘도록 서로에게 의지도 하고, 힘든 일이 생기면 상의도 하고, 좋은 일이 있으면 함께 나누던 사이였는데, 지내 오면서 저녁 한 끼 편안하게 먹지 못한 것이 못내 미안했다. 주말 산행을 하던 어느 날, 산행을 마치고 같이 밥을 먹자고 했지만 업무 때문에 어쩔 수 없이 함께하지 못하고 먼저 와 버린 것이 마지막이었다.

돌아보면 긴급한 업무는 아니어서 함께 식사를 해도 되었지만 미화는 우선순위를 업무에 두었던 탓에 함께할 수 없었다. 그 일이 있고 난 후, 미화는 두 번 다시 이런 일을 만들지 않겠다는 다짐을 했다. 사람보다 더 중요한 것은 없다는 것을, 사람과 함께 만들어 가는 것이 가장 소중한 일이란 것을 둘도 없는 친구를 보내고 나서야 마음에 새길 수 있었다. 또한 누가 뭐라고 하든 내가 만든 규칙과 약속을 지켜 나가는 것은 어려운 일이지만, 이런 하루들이 모여서 나의 인생이 되고, 나만의 역사가 된다는 것을 믿었다.

옆 사람 인생을 어설프게 곁눈질하며 보는 듯 안 보는 듯 커닝하여 만든 인생이 아니라, 타인의 강요로 꾸며진 성공이 아니라, 오롯이 나의 생각과 나의 행동, 나의 인연으로 만들어 가는 것이 내 삶을 위한 스토리를 만들어 가는 것이라고 자각하게 되었다. 스토리를 만들어가는 여자, 이보다 더 멋진 여자가 있을까! 나의 스토리에 어떤 상황을 그리고 어떤 사람들을 출연시킬까? 어떤 사연, 어떤 사건사고로 전개시킬까? 살면서, 살아가면서 스토리를 만들어 가는 여자가 된다는 것은 너무 매혹적인 것이었다. 성공을 꿈꾸는 여자가 되는 것보다 한 뼘 더 멋스러운 일이었다.

환영할 수 없는 심판의 호루라기

'지이잉~, 지이잉잉~'

'지이잉~, 지이잉잉~'

"안 받아?"

"남편 전화야."

"불편하면 통로로 나가서 통화하고 와."

명애의 핸드폰 진동소리가 두 사람의 대화를 중단시켰다. 명애가 징징거리며 울어대는 핸드폰을 꼭 쥐고 열차 통로로 나갔다. 불편하게 아침에 출발했다고 하던 명애에게 드디어 올 것이 온 모양이었다. 명애에게 별일이 없어야 할 텐데.

이동 스낵바가 앞쪽에서 다가오고 있었다. 명애가 없는 사이 미화는 스케줄을 점검하고 직원과 업무 문자를 주고받았다. 부산에 도착해 점심 먹을 시간이 없는 것을 확인한 후, 미화는 이동 스낵바를 세워 요깃거리가 될 만한 것을 여러 가지 골랐다. 명애가 오면 같이 먹으려고 빵이며 과자 봉투를 열어 놓았다. 과자 봉투를 개봉한 지 한참이 지나고 나서야 명애가 전화통화를 마치고 들어온다. 심각한 표정을 하고서.

"별일 없지?"
"간식을 왜 이렇게 많이 샀어? 너 배고팠구나?"

명애가 딴청을 부린다. 미화가 묻는 말에는 대답도 하지 않고 개봉해 놓은 과자를 집어 아삭아삭 맛있는 소리를 내며 씹는다. 미화는 이럴 때 어떻게 해야 할지, 모른 척해야 할지 아니면 무슨 일인지 캐내어 위로해야 할지 막막해진다.

"걱정 마, 별일 없었어."
"그럴 줄 알았어. 명애한테 또 속았다니까."
"너 점심은 어떻게 해?"
"간식 샀잖아. 이거 먹으면 돼."
"미화 너 간식 별로 안 먹잖아, 밥 먹는 거 좋아했는데."

"오늘은 특별히 괜찮아, 어서 먹자."

아삭아삭, 과자 부서지는 소리가 경쾌하다. 적당히 달달해서 먹는 맛도 제법 좋았다.

"사람이 왜 그렇게 안 변할까?"

"누구?"

"남편 말이야, 내가 이왕 기차 타고 부산 왔으니 재미있게 놀다 내일 오라고 하면 좋잖아. 바람만 쐬고 빨리 서울 오라는 거는 뭐니? 자기는 오늘 집에 오지도 않으면서, 남자가 쪼잔하게."

미화가 대답할 겨를도 없이 명애는 남편에게 쌓인 불만을 거침없이 토해냈다. 결혼하고 싶어 안달 났던 명애의 결혼 생활에 대한 비밀이 막 공개될까 걱정되었다.

"명애야, 남편 이야기는 나중에 조용한 곳에서 만나서 하자."

"그래, 여기서 하기에는 나도 창피하다. 넌 결혼하지 않은 것 정말 잘했어."

"이야기가 왜 그리로 흐를까!"

"난 있잖아, 남편이 호루라기 불어 대며 경기 진행하는 심판처럼 굴 때 제일 밉다! 자기가 무슨 심판이냐고. 뭐든지 자기 맘에 들어야 하고, 기준도 없는 반칙 세워가며 삼진아웃제 들먹이고,

정말 찌질한 남자야."

"명애야, 흥분을 좀 가라앉혀."

"내가 이런다, 요즘 이렇게 신경에 거슬리는 이야기를 하면 나도 모르게 흥분하고."

"물 좀 마셔."

미화가 건네는 물을 받아 한 모금 삼킨 명애, 자기도 모르게 길게 한숨을 내뿜고서야 마음의 진정을 찾아간다. 자신이 또 아무것도 아닌 일에 쌍심지를 켜고 있다는 것을 이제야 발견한 것이었다. 오랜만에 만난 친구에게 이런 모습까지 보여 줘야 하나 하는 창피함과 미안함이 교차하였다. 명애 자신도 빨리 진정하고 싶었다.

"내가 요즘 왜 이러니?"

"초콜릿 하나 먹어 봐, 기분이 한결 좋아질 거야."

"고맙다, 친구야."

미화가 건네주는 초콜릿을 받아든 명애가 미안한 듯 친구의 얼굴을 바라본다.

명애가 미화를 안심시킨다. 결혼하고 싶어 안달 났던 친구가 이렇게 변했다는 것은 그동안 사연이 많다는 이야기라는 걸 미화도 알고 있다. 모두가 다 그렇게 살아가고 있고, 미화 또한 결혼한다면 명애의 모습이 곧 자신의 모습이 되리라 생각되었다. 영화 같게만 꿈꿔지던 결혼, 결혼에 대한 환상이 깨진 것은 벌써 오래전의 일이 되었다.

"살면서 가장 힘든 일 중의 하나가, 자신의 잣대로 타인의 인생에 대해 성공과 실패를 왈가왈부하며 심판질 하는 사람을 만나는 거야."

"명애 네 말이 맞아! 우리네 같은 사람들 사이에서 타인의 인생을 심판할 수 있는 사람이 있어서는 안 돼, 같은 사람인데 말이야."

"의도적이든 의도적이지 않든 사람들이 자주 실수하게 되는 것 또한 스스로 심판관이 된다는 점이야. 아이러니한 점은 자기 자신도 누군가가 그러면 매우 싫어하면서도 타인에게는 자신이 그 악역을 자처하니까 말이야."

명애가 흥분이 가라앉은 듯 낮은 목소리로 다시 이야기를 꺼낸다. 사실 미화도 명애의 말에 상당히 공감이 간다. 결혼을 했느냐 못 했느냐, 승진을 했느냐 못 했느냐, 돈을 많이 벌었느냐 못 벌었느냐, 강남에 아파트가 있느냐 없느냐 등등 자신만의 유치한 잣대를 들이대며 타인의 인생을 심판하곤 한다. 농구경기나 축구 경기처럼 심판에 대한 명확한 기준도 없으면서, 주관적인 자신의 잣대만 가지고 상대방 인생의 성공과 실패를 난도질하듯 심판해 버린다. 이 세상에 감히 상대방 인생의 성공 여부를 심판하고, 판정을 내릴 수 있는 특권을 가진 사람이 있던가? 그 누가 나의 인생을 심판할 수 있단 말인가!

결혼하고 싶었던 여자, 성공하고 싶었던 여자의 의기가 투합되었던지 두 사람은 상대방의 이야기에 연신 맞장구를 쳐댄다. 이것은 두 사람의 이야기일뿐 아니라 모두의 마음속에서 하고 싶은 이야기일지 모르겠다. 세상 그 어떤 사람도 타인으로부터 성공한 인생이니 실패한 인생이니 하는 말을 듣고 싶은 사람은 없을 테니까. 자신의 마음에 들지 않는다고 상대방에게 반칙이라며 마음껏 호루라기 불어 대는 사람이 있어서는 안 될 테니까.

사람들이 모여 사는 곳에는 보이지 않는 룰rule이 있다. 부부간에도, 직장동료 간에도, 친구 간에도 저마다 조금씩 차이는 있지만 룰이 존재하고 있다. 굳이 다 표현하지 않더라도, 상대방이 룰을 잘 지키는지, 룰을 무시하고 사는 사람인지의 여부는 사람에 대한 중요한 신뢰 기준이 된다. 룰을 지키는 사람은 함께하고

자 노력하는 사람이고, 룰을 무시하는 사람은 함께한다는 것 자체를 모르는 사람이다.

　가만히 사람 관계를 지켜보라. 사람 때문에 힘든 이들을 살펴보면 많은 아픔과 고통이 지켜지지 않는 룰에서 비롯된다. 내가 지키지 않아서, 혹은 상대방이 지키지 않아서 서로의 마음에 균열이 생기고, 균열을 오래 방치해 두면 오해가 파생되어 급기야는 친한 관계가 원한 관계가 되곤 한다. 관계가 어그러지면서 한쪽이든 양쪽이든, 등 돌리는 상대방에 대한 원망으로 가득 찬다. 원망은 자신의 마음을 망치고 타인을 망친다. 인정하고 싶진 않지만 막장 드라마는 현실에서 아이디어를 얻는 현실적인 드라마다. 나의 인생을 막장 드라마로 만들고 싶은 사람이 있는가?

성공 위에 놓인 결혼보다

결혼이 뭔지도 모르고 결혼을 좇아 여기까지 온 것일까? 잘난 남자 만나서 결혼하는 것이 여자의 성공이라고 믿어 왔는데, 명애는 20년을 넘게 살아도 성공했다는 기분이 들지 않았다. 아쉽게도 명애는, 여자의 성공이 성공한 남자와 결혼하는 것이 전부가 아니라는 것을 깨닫는 데 참으로 오랜 시간이 걸렸다. 조금 더 일찍 알았다면 좋았을 것을 말이다. 예전과 같은 선택은 하지 않았을 텐데 말이다.

"누구나 자신이 살아온 길에 아쉬움이 남겠지?"
"글쎄, 사람마다 생각이 다르니까!"
"미화 너는 어때?"

"썩 만족스럽지는 않아."

"네가 만족스럽지 않으면 나는 어떡하라고?"

"각자가 다른 생각으로 자신을 바라보니 정답도 없고, 좋고 나쁜 것도 없잖아. 그런데 혹시 다시 태어난다면 나는 다른 방식으로 한번 살아 보고 싶어."

"나도 지금과는 다르게 살아 보고 싶은 소망이 있었는데…."

명애가 말끝을 흐린다. 너무 어린 나이에 결혼해 출산과 함께 육아에 전념하고, 아이들이 성장하고, 이제는 혼자의 시간을 가질 수 있게 된 명애! 자신을 되돌아보면 인생에 대해 소극적인 자세로 일관하며 살아온 것은 아닐까, 도전할 수 있는 것들이 많이 있었는데 지레 겁을 먹고 시도조차 하지 않는 것은 아닐까, 결혼 생활을 열심히 하면 스스로 보람된 인생일 거라고 속단하며 단순한 삶을 자처한 것은 아닐까, 사회적 관계와 성공을 성취하기엔 턱없이 부족한 자신이라고 너무 겁먹었던 것은 아닐까 하는 생각들이 엉킨다.

지금 이 시대를 살아가는 많은 여성들은 모두 열정적이고 치열하게 경쟁하면서 살고 있는 것 같은데, 명애는 자신만의 튼튼하고 높은 담장으로 보호된 채 집안의 화초처럼 나약하게 살아온 것은 아닐까. 그래서 사회에 대한 적응력도 떨어지고, 사람

관계에서도 조화를 이루지 못하고, 남편과의 소통에도 장애가 있는 것은 아닐까 하는 의구심에 사로잡힌다.

'어차피 넘어야 하는 벽이었다면 그냥 넘을 걸 그랬어.'

미화에게 들릴 듯 말 듯 명애가 혼잣말을 한다.

대부분의 여성들이 무릎이 깨지고 상처가 나 피를 흘려도 자신의 키보다 높은 벽을 넘으며 살고 있는데, 지붕도 없이 거친 비바람을 맞으며 태풍에 휩쓸려도 꿋꿋이 버티고 견디는데, 명애는 남편이라고 하는 울타리 하나 철석같이 믿고 자신이 넘어야 할 벽 같은 것은 안중에도 없이 살았던 것 같다. 자신의 벽을 넘는다는 생각조차 하지 못했을뿐더러 자신의 벽이 있어도 남편이 처리해 줄 것이라는 나약한 마음으로 살았던 것 같다. 남편도 자신의 벽을 넘느라 진 빠지게 힘들었을 텐데, 자신의 벽으로도 고달픈데 그것도 모르는 철부지 아내의 벽마저 처리하느라 뼈 빠지게 고단했으리라.

'내 힘으로 무엇이라도 해보았어야 했는데….'
'나 스스로 나약함을 깨고 나왔어야 했는데….'
'혼자서도 충분히 할 수 있었어야 했는데….'

왜 이런 생각을 진작 하지 못하고, 그저 현실에 안주하며 불평 불만을 찾은 것일까? 집안에서의 전쟁이 집 밖에서의 전쟁과 크 게 다르지 않다는 생각을 하였다면 자신이 조금 더 용기 있는 여 자가 되었을 텐데. 많은 여자들이 경력이 단절되었다가 다시 사 회로 나가는 것을 옆에서 보며 부러워만 했지, 나도 그래야 한다 는 것을 왜 생각하지 못했을까?

명애는 자기 자신이 마음의 병이 깊다는 것을 깨달았다. 나약 한 병, 의존하는 병, 그리고 두려워하는 병, 예상되는 난관에 숨 으려고만 하는 병이 바로 명애가 앓고 있는 병이었다. 이제 확실 히 증상을 알았으니 병을 치료해야 하는 일만 남은 것이겠지.

오랜만에 만난 미화의 당차고 의욕적인 모습을 보면서 명애는 새장 속에 갇힌 새가 아니라, 결혼 속에 갇힌 여자가 아니라 '명 애'라고 하는 한 사람의 존재로서의 삶을 살아 보고 싶다는 욕망 이 생겼다. 다른 사람의 노력 속에 묻어가는 것이 아니라 나를 위 해 내 스스로 제대로 된 노력을 하고, 힘들지만 가능한 일들을 찾 고 싶었다.

명품 백을 사들이고 보석과 사치품으로 치장하는 데 열을 올 리는 것보다는, 자신의 미래와 능력을 업그레이드하는 것에 투자하는 게 더 현명한 선택이 될 것이라고, 아직 어린 여자들을 만나면 이야기하고 싶다. 나같이 그렇게 살면 나같이 후회를 할지도 모른다고 말하고 싶다. 성공 위에 여자의 결혼이 있다는 생각은 착각이었다고 말하고 싶다. 살아 보니 이것보다 더 좋은 것, 멋진 것, 괜찮은 것이 더 많이 있다고 말하고 싶어졌다.

자신도 모르게 가슴 한곳에서 어떤 힘이 용솟음치는 듯한 기분이 느껴졌다. 이것이 자신감일까? 이것이 열정일까? 이것이 희망이고 용기일까? 명애는 알 수 없는 미소를 띠며 자신의 가슴을 쓰다듬었다. 아무도 모르게 조심스럽게, 오랜만에 자신의 열정을 느끼고 있었다.

미화가 한동안 말이 없는 명애의 침묵을 깼다.

"명애야, 무슨 생각해?"

"어, 미안해. 잠시 딴생각했어. 내가 옛날부터 집중력이 좀 떨어지잖아. 부산에 거의 도착한 것 같네."

"명애 너는 언제 서울 올라갈 거니?"

"일단 부산 광안리 바다에 가서 갈매기한테 물어보고 결정하려고."

"좋은 생각이구나! 갈매기들이 너의 마음을 알아줘야 하는데."

"통역 없어도 직역할 수 있어. 갈매기한테 예쁘게 봐 달라고 해야지, 호호호."

"명애는 능력자야, 갈매기들하고 대화하는 능력도 있고."

결혼 위에 놓인 성공보다

"미화 너 핸드폰 온 거 아냐?"

"그런가? 문자 왔네, 잠시만."

가방 속에 넣어 둔 핸드폰을 미화가 꺼내 본다. 부산역에 언제 도착하느냐는 고객사의 문자다. 강의 시간에 맞추어 직원들이 모두 준비해야 하기 때문에 고객사도, 미화도 시간 관리는 철저해야만 한다. 미화는 약속한 시간에 1분도 틀리지 않고 도착하는 경우도 가끔 있는데, 그럴 때면 고객사 직원들은 징그럽게 미화를 바라보기도 한다.

서울처럼 교통이 발달한 도시에 살면서도 시간 약속을 정확하게 지키기는 생각보다 쉽지 않다. 조금만 긴장을 늦추거나 안

일한 생각을 가지면 시간 관리에 실패하게 된다. 시간 관리를 못하면 처음 보든 자주 보든 신뢰를 잃게 된다. 겸손을 배가시키고 태도를 공손하게 한들 미안하다는 말이 신뢰감을 회복시키기 어렵다.

매사를 팽팽한 긴장감 속에서 빠듯한 스케줄임에도 철저하게 약속을 지키면서 하루를 보내는 것, 미화에겐 몸으로 채득된 생활이라 불편함을 못 느끼고 살지만 주변 사람들은 가끔 답답하지 않느냐며, 숨 막히지 않느냐며 묻곤 한다.

사실 미화는 커피숍에 앉아 한가롭게 몇 시간씩 수다를 떨어본 적이 없다. 커피숍은 업무적인 일로 필요할 때만 방문할 뿐이고, 오랜 시간을 머물며 커피숍 소파에 앉아 있는 경우는 거의 없다. 일의 스트레스 중에서도 시간에 대한 강박관념은 미화에게는 무척이나 부담스러운 요소였다. 이른 새벽 첫차를 타야 하는 날이면 알람시계를 몇 개씩 맞추어 놓고서야 잠이 들고, 혹시나 하는 불안에 잠을 청하지 않고 아침이 될 때까지 버틴 일도 다반사였다. 또한 자신의 잘못으로 주변 동료들에게 피해가 갈까 봐 노심초사하며 습관 길들이기를 한 것을 생각하면 마음이 짠해진다. 꼭 그렇게까지 하고 살았어야 했나 하는 후회가 생긴다. 예민하고 섬세한 자신의 성격을 탓하고 싶어진다.

"미화 너는 시간 약속 잘 지키지? 남편도 직장생활을 오래 해서 그것만큼은 정말 칼이거든."

"지키지 못한 사소한 시간 약속 한 번이 나의 평판을 바꾸기도 하더라고. 그래서 다른 것은 몰라도 시간 약속만큼은 꼭 지키려고 노력하는 편이야."

"너무 피곤하지 않아?"

"서로 간의 신뢰이고 약속이니까. 나 역시 시간 약속을 지키지 않는 사람과 만날 때는 짜증이 많이 나거든."

명애가 느끼기에 미화는 일하는 여자, 성공을 위해 달려가는 여자로서의 생각과 행동이 자리 잡힌 듯 자신만의 상식적인 패턴을 유지한 채 살아가고 있었다. 불현듯 남자도 아니고 여자도 아닌 것 같은 느낌을 받지만, 기본을 지키지 않는 말과 행동은 전혀 없었다. 명애가 보기에 미화는 자신의 길을 너무나 잘 가는 여자 같아 보였다. 자신과는 대조적인 안정감이 전달되었다. 이런 안정감을 가질 때까지 얼마나 많이 노력하고, 참아내고, 고쳐 나갔을까. 이것이 평범한 여자에서 프로페셔널한 여자가 되는 과정이겠지. 프로페셔널한 여자는 작고 사소한 것부터 철저하게 자기관리를 하는 경우가 많았다. 책에서든 방송에서든, 언론에서 만날 수 있는 프로페셔널한 멋진 여성들의 자기관리 노하우를 모아보면 시간 관리는 필수였다.

"뒤늦은 연애와 결혼은 참 힘든 것 같아. 성공한 여자는 무척 행복할 것이라고 생각했는데, 지금에서야 알았어. 함께하면 행복도 더 커지고, 기쁨도 두 배가 되고, 좋은 일은 더 가치 있어지고, 음식도 훨씬 맛있다는 것을…."

미화가 명애를 바라본다. 미화는 성공 아래 결혼이 있다는 생각을 강하게 했던 여자였다. 결혼한 여자보다 성공한 여자가 더 행복하다는 결론을 내린 것은 이미 20년 전이고, 자신이 내린 결론을 바꾸어 볼 생각은 단 1%도 한 적 없었다. 그런데 세월의 흐름이 미화의 생각을 바꿔 보라고, 성공과 결혼에 대해서 단절시키지 말고 타협하고 살자고 협상해 온다. 자신의 일에 올인하지 않으면 죽도 밥도 아니라고 믿어왔던 미화가, 결혼이 성공 아래에 있는 것이 아니라 성공과 결혼은 같은 선상에 놓여 있는 것이라고, 결혼을 통해서 만들어지는 행복이 성공의 기쁨보다 몇 배 더 커질 수 있다는 생각을 하게 된 것이다. 그토록 오랫동안 생각을 바꾸지 않았던 미화가 요즘 들어 결혼의 행복과 결혼의 성공에 대해서 깊이 있게 고민하고 있다.

미화 나이 중년을 넘기면서 빼어난 미모가 경쟁력에서 멀어지고 일사천리의 업무 수행능력도 전부가 아니었다. 저녁 모임 한 번 함께한 사람에게 무엇을 바라겠는가? 그런 자리에서는 뛰어난 일 처리가 아니라 원만한 인간관계와 유쾌한 소통 방법이 저녁모임을 더 빛나게 만들어 주었다. 빼어난 미모도 중요하지만 원만한 성격과 따뜻한 인간미가 더 중요했다. 이것이 결혼 위에 놓인 성공을 쫓았던 미화가 안타깝게 놓친 것이었다.

성공한 여자의 싱글 라이프는 반쪽짜리라고 느껴졌다. 결혼한다고 성공할 수 없다는 고정관념은 단지 미화 스스로 만들어 놓은 족쇄일 뿐이었다. 사람이 살면서 혼자라는 외로움과 소외감은 그 어떤 아픔보다 크게 체감되는 아픔이었다. 성격적으로 문제가 크지 않다면 결혼을 하고 나서 더 원만한 사회생활을 할 수도 있고, 아이를 출산하며 신비로운 세상을 하나 더 갖게 되면 오히려 일에 대한 동기부여와 성공에 대한 갈망이라는 시너지가 생길 수 있다는 것을 알게 되었다.

성공의 무게 추를 어디에 놓고 중심을 잡는지가 문제였다. 자신의 문제일 뿐 모두의 문제가 아니라는 것을 이제야 알았다. 미화가 살아오는 동안 자신의 인생 추를 너무 단편적인 성공에만 고정시킨 것이 문제였다. 그래도 늦지 않았다. 모든 것은 늦었다고 생각할 때가 가장 빠르다고 했으니까!

멋진 여자로 변한다는 것은

"참, 미화 너 미란이 소식 알고 있어?"

"미란이?"

"그래, 한미란 말이야."

"아, 생각나. 그런데 너무 오랫동안 연락을 하지 않고 살아서 소식을 몰라."

"미란이가 학교 다닐 때 노는 것 참 좋아하고, 멋 부리는 것 좋아하고, 남학생들한테 인기 짱이었는데."

"맞아, 그랬어. 용돈만 생기면 옷 사러 가고, 머리 하러 다니고, 술도 잘 마시고, 노는 것도 잘하고 그랬는데."

"그 미란이가 확 달라졌어!"

"확 달라져? 어떻게 달라졌는데?"

"헤어 디자이너로 유명해졌어. 또 얼마나 지적으로 변했는지 몰라, 길에서 만나면 정말 몰라보겠더라고."

"정말?"

"세월이 흐르니 옛날 모습만 생각하고 친구 만나면 안 되겠더라고. 지금의 모습이 내 모습인 것처럼, 미란이도 옛날의 미란이가 아니라니까!"

"미란이가 그렇게 많이 변했어?"

"그래, 미화야. 너무 좋게 변했어. 너무 멋있게 변했어, 날라리 미란이가 멋진 여자로 변신했다니까. 나중에 한번 같이 만나자. 너도 깜짝 놀랄 거야."

"너무 궁금하다, 오랜만이라 보고 싶기도 하고."

"어쩌면 미란이처럼 변하는 것이 정상일지도 모르는데, 난 정말 엉뚱하게 변한 것 같아."

명애는 미란이의 변화된 모습이 부러웠는지 연신 미란이의 변화에 극찬을 아끼지 않는다. 가끔 주변을 살펴보면 변화의 귀재를 찾아볼 수 있다. 학창 시절 수줍음 타던 친구가 연예인이 되어서 방송에 나온다거나, 공부만 열심히 하던 친구가 영업사원이 되어서 동창회를 누빈다거나, 음주 가무는 말할 것도 없고 제대로 놀 줄 알던 친구가 중학교 국어 선생님이 되어 나타나는 경우가 종종 있다. 상상도 하지 못했던 모습으로, 세월이라는 병풍을 걷어내고 마주한 친구의 변화는 지인들을 깜짝 놀라게 한다. 모두가 소스라치게 놀라는 가운데 정작 본인은 자신의 변화에 둔감해 한다. 언제 자신이 수줍음 탔냐며, 언제 자신이 날라리였냐며, 전혀 생각이 나지 않는다며 귀여운 발뺌을 한다.

그러나 변했다는 것은, 아니 변한다는 것은 당연한 이치가 아닐까 싶다. 10대와 30대는 바라보는 관점이 다른데, 10대 때의 친구를 30대가 되어서도 예전의 관점에 묶어 두며 고정관념을 가지고 바라볼 수는 없는 일이다. 미화는 긍정적인 변화를 찬성하는 사람에 속한다. 특히 여자의 멋진 변화에 기립박수를 치며 찬성하는 무리에 속한다. 자신이 가진 멋스러운 자기 자신을 찾아낸다면 금상첨화라고 생각한다.

이 세상의 모든 여자들은 꿈을 꾼다. 누가 봐도 멋진 여자가 되고 싶고, 어디에서나 매력이 넘치는 여자가 되고 싶다는 열망을 갖는다. 자신이 가지고 있는 현재 모습에 대해 충분히 만족하고 있는 여자가 얼마나 될까? 여자의 변신은 무죄이며 여자의 매력은 치명적인 끌림을 발산시킨다. 하지만 욕망과 현실은 냉혹하게 먼 거리에 있는 것 같다. 더러는 잘못된 변신으로 허영과 사치를 조장할 뿐 내면적인 매력을 채우는 일을 등한시하는 여자들도 있다.

무엇을 바꾼다는 것은 고통이 따른다. 남들이 알게 모르게 자신의 내면에서부터 갈등이 시작되고, 갈등이 점차 성숙하면서 말, 행동, 습관이 바뀌게 된다. 변화의 과정에서 확연하게 변화가 전달되는 사람도 있고, 변화의 과정을 넘기지 못하고 처음으로 되돌아가는 사람도 있다. 좋고 나쁜 것은 없다. 자신의 선택에 의해서 결정할 뿐이니까. 결혼의 유무에 관계없이, 사회적 성공에 관계없이 여자들은 자신의 생활 속에서 많은 것들을 변화시키기 위해 도전한다. 성공하는 것도 있고, 실패하는 것도 있다. 성공했다고 대단한 것이고, 실패했다고 비난받아야 하는 것은 결코 아니다. 주변 사람들에게 보여주기 위한 것은 더더욱 아니다. 자신의 인생을 만들어가는 과정에 타인 때문이라는 원망이 포함되어서는 절대 안 된다. 변화라는 것, 변한다는 것이 말처럼 결코 쉽지 않다. 함부로 타인에게 강요할 수 없는 것 또한 변화라는 것이다.

"이제 내가 뭘 해야 할지 조금 알겠어!"
"갑자기 무슨 말이야, 명애야?"

"너를 만나 이렇게 진솔한 대화를 통해서 마음이 한결 가벼워
지니 행복하게 살고 싶다는 생각이 드네. 그동안 하루하루 지겹
다는 생각에 갇혀 살다 보니 내 집도 감옥 같기만 하고, 마주보
고 있는 상대방도 건성으로 대하게 되고, 무엇을 하더라도 흥미
가 없었던 것 같아. 그런데 이젠 좀 다른 모습으로 살아야겠다는
마음이 생기네. 시간 낭비는 그만해야겠다는 생각도 들고."

무엇을 바꾸고 싶은 것일까? 갑자기 변하고 싶다고 말하는 명
애의 말이 미화는 부담스럽다. 미화 자신도 바꿔야 하는 것투성
인데, 제대로 잘 못하고 사는 것이 너무 많은데, 괜스레 명애 마
음을 뒤흔들어 놓은 것은 아닐까 염려된다. 대화를 통해 마음속
에 모아 놓았던 하고 싶은 말들을 풀고 나면 속이 후련해지고 희
망 하나 가질 수 있다는 것쯤이야 일반적인 생각이라 충분히 공
감하지만, 우연히 만나 몇 시간 대화의 시간을 가진다고 인생 전
체를 바꾼다든지, 마음 자체를 바꾼다는 것은 무리가 되는 일이
다. 물론 아주 긍정적인 측면으로 볼 때 누구나 사소한 충격과
감정의 변화를 통해 거듭나는 경우도 있다. 냉정하게 그리고 현
실적으로 볼 때 두 사람의 만남과 대화가 서로에게 어떤 영향력
을 미칠지는 온전히 두 사람 자신의 몫인 것 같다.

"미화야, 나는 웃는 여자로 변할 거야."

"웃는 여자?"

"지금까지 불행하다고 생각한 것은 웃지 않아서 생긴 것 같아. 내가 웃지 않으니까 가족들도 나를 심각한 사람으로 생각하게 되고, 웃지 않는 시간이 많으니까 서로 마주보는 시간이 줄어들고 대화가 급격하게 줄어든 것 같아. 자주 웃고 살아야 제대로 사는 것 맞지?"

"많이 웃으면 좋긴 하지. 그런데 명애야, 너무 갑자기 변하는 것은 주변 사람들을 당황스럽게 할 수 있는데…."

"나는 변하는 것이 아니라 원래의 내 모습을 찾는 거야. 그동안 너무 오랫동안 내 모습을 잊고 산 거 같아, 너무 억울하게도."

"나한테 명애는 말괄량이 아가씨라는 기억뿐인걸."

"내가 하나씩 하나씩 바꾸어 가면 주변 사람들은 나의 변화를 느끼지 못하지만 나는 습관이 될 거야. 그렇게 생활하면 어느 순간 주변 환경도 유쾌한 분위기로 변해있지 않을까. 와, 생각만 해도 너무너무 좋다."

"명애 너는 하나도 안 변했어. 학창 시절처럼 여전히 멋진 여자이고, 매력 있는 사람이야."

"나를 인정하고 나를 찾는다는 것이 이렇게 좋은 일인데, 그동안 왜 그렇게 무기력증 환자처럼 살았을까. 불평만 하고 사는 투

덜이처럼 살았을까, 이렇게 하고 싶은 것도 많고 해야 할 것도
많은데 말이야."

　명애의 얼굴에 생기가 돌았다. 스스로의 열의와 목표가 생겨
뿌듯한 듯, 얼굴 가득 미소가 번지고 있었다. 아주 오랜만에 살고
싶다는 생각이 든다. 제대로 잘 살아 보고 싶다는 욕망이 생긴다.
잘할 수 있을 것 같다는 믿음도 점점 강해지고 이런 마음을 아주
오랜만에, 너무 오랜만에 느끼는 것 같다.

　멋진 여자가 된다는 것보다 멋진 사람이 된다는 것이 더 본질
적이다. 멋진 사람이 된다는 것은 다른 사람을 흉내 내는 것이 아
니라 진정한 자신의 모습을 찾아가는 것이기 때문이다. 우리는
가끔 착각 속에서 허우적거릴 때가 있다. 다른 사람과 똑같아지
려고 수선을 떨고, 다른 사람과 비슷해지려고 안간힘을 쓴다. 나
의 본모습과는 거리가 멀어도 너무 먼 것도 모른 채, 내가 아닌
다른 사람의 가면을 쓰려고 헛된 시간을 낭비하며 애를 쓴다. 그
러나 이제부터라도 현명한 지혜를 발휘하여 불필요한 시간낭비
는 없애야 한다. 언제 어디서든 나의 매력이 돋보일 수 있도록,
나 스스로의 인생을 찾아내고 발산시켜야 할 때다.
　때로는 부족한 모습도 매력이 되고, 앞서가는 것도 매력이 되

며 엉뚱한 것도 매력이 된다.

　매력은 상대적인 느낌이다. 완벽해지는 매력보다는 자신의 허점이 있어도 허물없이 인정할 줄 알고, 부족한 부분을 개선하는 것도 매력 발산의 방법이 될 수 있다. 중요한 것은 스스로에게 얼마나 만족하며 살고 있느냐이다.

　외형만 변하려고 노력하지 않았으면 좋겠다. 남들이 한다고 생각 없이 따라 하지 않았으면 좋겠다. 다른 사람이 강조한다고 어쩔 수 없이 밀린 숙제 하는 것처럼 하지 않았으면 좋겠다. 나는 그저 나일뿐이니까! 세상에 나는 오직 단 한 사람이니까! 나의 마음을 따르는 게 내 인생이니까!

당신은 지금도 충분히 멋진 여자

"명애야, 나는 사람들이 나에게 칭찬하는 말들이 익숙하지 않았었어. 예쁘다는 말, 멋있다는 말을 들으면 너무 어색한 거야. 내가 나를 보았을 때 예쁘거나 멋지다는 생각을 별로 하지 못했거든."

"나도 그렇기는 해. 자꾸 아니라고 부정하게 되거든."

"사람들에게서 듣는 칭찬과 긍정의 말을 그대로 받아들이는 게 잘 안 되어서 사람들에 대해 도리어 색안경 끼고, 나한테 왜 잘 보이려고 하나 의심도 하고 또 어색하기도 해서 뻣뻣하게 대했거든. 내가 시골 출신이라 그런지, 어릴 때부터 나한테 그렇게 표현해 주었던 사람들이 없어서 그런지, 칭찬도 관심도 부담만 되고, 상대방이 나를 위해서 마음에도 없는 좋은 소리 하는 거 같은 거야."

"맞아. 어떤 때는 의심도 들고, 나와 상관없는 것 같은 칭찬을 들을 때는 너무 가식적이란 생각도 들고 그래."

"예쁘다는 말을 인정하면 거만해 보이고, 거부하면 스스로 뭔가 부족한 듯해서 초라해지는 거야. 상대방이 이런 말들을 안 했으면 하는 마음까지 생기는 거야. 그런데 내가 28살 때 직장 상사와 우연히 대화를 할 기회가 있었는데, 그 여자 상사가 50대 여성이었어. 미국에서 공부를 마치고 온 인텔리전트였지. 그분이 나에게 그러는 거야. '미화 씨는 충분히 멋있는 여자야. 복잡하게 생각할 필요 없이 사람들의 말을 받아들이면 되는 것이고, 멋지지 않다고 생각되면 이제부터 멋진 여자가 되기 위해 준비하면 되는 거라고. 미화 씨가 알든 모르든 당신은 지금도 충분히 멋진 여자야.'라고 말이야."

짐작조차 못 했던 상사와의 대화였다. 28살의 신참 여사원에게 50대의 선배로서, 여자 상사로서 베푸는 조언이었다. 평소 말수가 많이 없던 여자 상사는 미화의 성실함과 책임감이 마음에 들었던지, 자신의 이야기를 꺼내며 상대방으로부터 칭찬을 받았을 때의 응대 요령과 멋진 여자에 대한 자신의 생각을 말해 주었다. 상사가 하고자 하는 말은 아주 심플했다.

"여자는 아름다워야 해. 젊은 여자는 젊음 자체의 아름다움을 가지고 있어야 하고, 나이 든 여자는 꾸준한 관리 속에서 아름다움이 빛이 나는 법이야. 자신의 아름다움을 받아들이는 것도 용기라구. 또한 받아들였다면 지속적으로 아름다움을 유지해야 진정 멋진 여자라고 인정받을 수 있어. 아름답지 못한 여자는 어디에서나 주목받을 수 없을 테니까."

미화는 상사와의 짧은 대화에서 많은 것을 얻었다. 지금의 모습으로도 충분히 멋지고 아름답다는 것을 스스로 인정하는 계기가 된 것이었다. 그래서 그때부터는 인간관계 속에서 타인의 칭찬과 배려, 관심과 충고도 잘 받아들일 수 있게 되었다. 그 대화는 타인에게 자신이 할 수 있는 최대한의 표현을 동원할 수 있게 된 계기가 되었다.

우리는 가끔씩 까맣게 잊고 산다. 나 자신이 지금도 충분히 멋진 여자라는 것을. 지금 그대로의 모습으로도 충분히 사랑스럽다는 것을.

"미화야, 내가 보기에 너는 너무 멋있는 여자야."
"고마워, 명애야. 내가 보기에 너는 너무 아름다운 여자야. 우리 서로 아름답게 나이 드는 여자가 되자."

"좋지!"

지금도 충분하다는 말, 지금도 멋지다는 말. 이 짧은 말이 여자 마음을 움직인다. 미화는 20대에 미치도록 성공하고 싶어 일에 몰두하였고, 날씬한 몸매와 보기 좋은 패션 감각을 터득하는 것에 몰입하며 살았다. 30대가 되어서는 상식과 교양을 갖추고 전문성을 높이고자 투혼을 발휘했다. 30대로서 가벼움과 무거움의 중간 지점에 안착하고자 애를 쓰며 밸런스를 찾았다. 40대가 되어서는 날씬한 몸매가 멋있는 여자의 전부가 아니라는 것을 알았다. 날씬함보다는 건강함을 추구했고, 값비싸고 화려한 장식품으로 치장하고 다닌다고 멋있는 여자가 아니라는 것을 알았다.

30대에 핸드백과 비싼 옷을 추구하기보다는 경험과 지식을 쌓고, 부담되지 않을 정도의 도전과 열정에 몰두하며 견문을 넓히는 것을 추구했으며, 40대가 되어서는 원숙함과 성숙미가 얼마나 중요한지를 몸소 실천하게 되었다. 앞으로 50대가 되면 있는 그대로의 것을 추구하고 있지 않을까, 자연 그대로의 것을 즐기고 있지 않을까 하는 막연한 기대를 한다.

미화는 여자로 태어나 여자로 살아가면서, 여자의 많은 행복 중의 한 가지가 "당신은 지금도 충분히 멋진 여자예요!"라는 말

을 듣는 것이라고 생각했다. 언제라도 그런 여자로 살아가고 싶
었다.

가꾸고, 만들고, 다듬는 여자

멋진 여자로 변한다는 것이 쉽지 않지만, 명애는 자신의 20대 모습으로 되돌아갈 것을 작정하였으니 자신의 20대를 역추적해야 하는 숙제 아닌 숙제가 생긴 것이었다. 20대의 혈기왕성한 자신의 모습을 돌아보면, 20대의 풋풋한 자신의 외모를 생각해 보면, 20대의 때묻지 않았던 마음을 떠올려 보면 저절로 웃음이 나면서 뿌듯하고 '좋았었지', '예뻤었지', '괜찮았지' 하는 감탄사가 쏟아진다. 자신도 모르게 감탄사를 연발하게 된다.

아, 자기 자신도 흡족했던 20대의 명애는 어디로 가고 본의 아니게 남편에게도 매력은커녕 민폐를 끼치는 여자로 전락하였다. 시도 때도 없이 잔소리를 들어야 하는 아내로 전락하고 말았다.

"당신은 세수도 안 해? 집에 있으니까 씻기도 싫어? 냄새 나니까 빨리 가서 세수라도 하고 와."

주말 아침부터 남편의 잔소리 폭탄이 시작되었다. 이런 소리를 하루 이틀 듣는 것도 아닌 명애는 시큰둥하게 반응한다. 알았다고, 씻으면 되지 않느냐고. 그러나 막상 저녁이 되어서야 얼굴에 비누칠을 한다. 대부분의 주부들은 일상적인 일이라고 남편에게 자신을 옹호하는 변명을 꺼내지만 남편은 그렇게 호락호락 이해해 주지 않는다.

"집 좀 치우고 살아. 당신 옷도 좀 예쁜 것으로 갈아입고, 맨날 고무줄 바지만 입고 다니지 말고, 내가 사준 예쁜 옷들도 많은데 왜 맨날 촌스러운 옷들만 입고 있어. 집에 있어도 외모에 신경 좀 쓰라고."

오늘 아침도 남편은 명애에 대한 불평을 쏟아낸다. 고무줄 바지가 살림하기 편한 옷이라서, 당신이 사준 비싸고 멋진 옷 입고 청소하고 빨래하는 것은 불편해서, 집에만 있으니 외모 신경 쓸 시간보다 이곳저곳 집안 살림 신경 쓸 시간이 필요해서, 남편하고 아이들을 먼저 챙기느라 내 자신은 꾸밀 시간도 여유도 없게 되었다고. 외출하는 것도 아닌데 편한 옷 입고 있는 게 뭐가 문제냐고 말하고 싶었다. 그러다 입을 닫는다. 남편에게서 '그러니까 아줌마'라는 소리가 나올까 봐 입을 닫아 버렸다.

"당신도 드라마 좀 그만 보고 세상 돌아가는 데 관심 좀 가져. 뉴스도 보고, 교양 프로도 보고, 그래야 아이들한테 무시당하지도 않잖아. 맨날 남는 것도 없는 막장 드라마나 보고 남들 다 아는 뉴스거리도 모르고 무슨 대화를 할 수 있겠냐고."

남편의 기분이 별로인지 드라마 시청을 가지고 한바탕 바가지 아닌 바가지를 긁는다. 명애는 보고 있던 아침드라마의 채널을 돌렸다. 명애에게 있어 뉴스는 재미없는 사건사고를 확인하는 정도라서 요즘은 가끔씩 보던 저녁뉴스도 아예 볼 생각을 하지 않았다. 딱히 집에만 있으니 뉴스나 교양프로의 소재를 가지고 대화할 일도 없어 안 보게 되는 것은 당연한 일인데, 남편은 다짜고짜 트집을 잡는다. 대화가 안 통한다고.

"식사 끝내고 바로 누워 있으면 건강에 좋지도 않고 살만 찐다고. 요즘 왜 그렇게 식사 때만 되면 폭식을 하는 거야, 낮에 스포츠 센터는 다니는 거 맞아? 몸매 관리 좀 해야지, 어쩌자고 관리도 안 하고 퍼지기만 하는 거야. 긴장 좀 하고 살라고."

명애는 남편의 갑작스러운 쏘아붙임에 당혹스러웠다. 아이들 앞에서 식사 조절도, 체중 조절도 못 하냐는 질책을 받으니 괜한 서러움이 복받쳤다. 명애 자신이 형편없는 엄마가 된 것 같아 낯 뜨겁고 남편이 야속했다.

요즘 들어 남편과의 갈등이 좀처럼 줄어들지 않았다. 명애에 대한 불만이 폭증하는 남편, 남편에 대한 기대감이 땅바닥까지 떨어진 명애, 짧은 대화라도 할라 치면 서로 신경을 곤두세우고 날카로운 눈빛으로 마주한다.

명애는 잠시 생각해 보았다. 20대의 자기 모습을 되찾겠다고 말한 자신. 하지만 정말로 말처럼 잘 찾아질까? 20대의 모습보다 지금의 지긋지긋한 갈등 관계부터 바꿔야 하는 것은 아닐까? 스스로 정말 잘 해낼 수 있을까? 남편의 말대로 식사 조절, 체중 조절 하나 제대로 못해서 구박 덩어리가 된 자신이 잘 해낼 수 있을까? 미화와 주고받은 멋진 여자가 되고 싶은 갈망과 욕구는 단지 이 기차를 벗어나면 없던 일이 되는 것은 아닐까? 생기발랄하고 현명했던 명애로는 두 번 다시 되돌아갈 수 없는 것은 아닐까?

'작은 것부터 바꿔 나가면 되는데, 왜 이렇게 겁이 날까!'

미화가 혹시라도 자신의 비겁함을 알아차릴까 봐 명애는 마음 속으로 말을 삼켰다. 오늘 만난 친구한테까지 실망감을 주고 싶지는 않았다. 또한 스스로도 변화에 대한 갈증을 느끼고 있었던 터라 좋은 계기를 잘 활용하고 싶었다.

"지금의 내 모습을 버려야 해, 지금의 안일한 내 생각을 버려야 해, 지금의 긴장감 없는 태도를 버려야 해. 한명애는 다시 태어날 수 있다니까. 할 수 있다니까."

한참 동안 말이 없는 명애를 미화가 바라본다. 무슨 고민이라도 하는 듯 명애는 혼자 심각한 얼굴을 하고 있다.

"명애 씨."
"어?"
"무슨 생각을 그렇게 골똘히 하고 있어?"
"미화야, 내가 잘할 수 있을까?"
"뜬금없이 무슨 말이야?"
"남편에 대한 미움과 원망 때문이 아니라 나 스스로 멋진 여자가 되고 싶은데, 20대의 한명애로 돌아가고 싶은데, 내가 잘할 수 있을까?"

"그럼, 명애는 뭐든 충분히 잘해낼 수 있어. 내가 보증한다."

"애, 보증 함부로 서는 것 아냐, 그런데 오늘 보증은 좀 괜찮네."

"넌 잘할 수 있는데, 왜 그런 걱정을 해. 내가 만난 여자 중에서 멋진 여자 5명을 뽑으라면 제일 먼저 명애를 뽑을 건데."

"거짓이라도 기분은 좋다, 친구야."

"명애가 내 친구라서 내가 얼마나 자랑스러운데, 네가 얼마나 괜찮은 여자인지 너만 모르는 것 같아."

"미화야, 그렇게 말해 줘서 정말 고맙다."

쓸데없는 걱정을 버리고, 될까 안 될까 계산만 하고 있지 말자. 무엇이든 한번 해 보면 감이 오고, 하고 또 하다 보면 더 좋은 방법도 찾아지고, 해도 안 되면 포기하는 것도 배우는 거지. 명애는 스스로 괜한 걱정만 키웠구나 하는 생각이 들었다. 바꾼다는 것이, 누가 봐도 손색없이 멋진 여자가 되는 것이 쉬운 것은 아니라는 것을 알면서도 노력도 안 해 보고, 시도도 안 해 보고 쓸데없이 계산기만 두드린 자신에게 쓴소리 한마디 하고 싶어진다.

20대의 명애는 체중 조절이든 식사 조절이든 완벽하게 하는 여자였다. 요리학원에 오랫동안 다녔지만 폭식 한번 한 적 없고 과체중으로 비만 진단 받은 적 한번 없었다. 외모 관리는 두말할 나위 없었다. 가꾸고 다듬고 만들고 바꾸며, 자기 자신의 이미지를 찾느라 다양한 패션과 민감하게 바뀌는 유행에 뒤처지지 않도록, 아니 오히려 사람들을 주목하게 만들 정도로 대단한 패셔니스타였다. 드라마만 보는, 막장 드라마만 좋아하는 여자와는 거리가 멀었다. 다양한 분야의 책을 섭렵하였고 영화, 연극, 음악회, 미술관 등 감성적인 문화생활을 선호하는 여자였다. 악기 하나쯤은 다루는 여자였다. 안 씻고 살았냐고? 어쩌다 나이 들고 집안에만 있으니 씻는 것에 게으름이 난 것이지, 하루에 꼭 두 번씩 샤워하는 여자였다. 냄새나는 여자가 아니라 그윽한 향수 향기에 취하게 만드는 여자였다. 이런 말을 하면 남편이 고개를 절레절레 흔들겠지만 명애의 20대는 지금과 사뭇 다르게 사는 여자였다.

하지만 명애도 자신의 부정적인 변화에 잘못은 있었다. 스스로를 완성해가는 일을 끊임없이 지속했어야 하는데, 어느 순간 여자를 놓아 버리고 아줌마를 선택한 것이었다. 여자에게는 용서가 안 되지만 아줌마에게는 용서되는 것이 즐비하게 많았다.

그렇다고 아줌마가 나쁜 것은 아니다. 단지 여자보다는 조금 덜 긴장하고 살아갈 뿐이니까. 조금 더 무디게 살면 되는 것이었다.

"미화야, 지금의 내 모습 좀 잘 봐주라. 아니 사진 좀 찍어 줘라."
"사진?"
"응, 나중에 다시 만날 때 많이 변했는지 확인해야 하잖아. 그러니까 사진 찍어서 보관해 줘."
"하하하, 알았어. 명애가 무슨 큰 다짐을 한 것 같은데."
"엉, 한 달 후에 말해줄게."

건강한 긴장감과 비타민 같은 충격요법은 건강에도, 생활에도 좋은 작용을 한다. 아줌마에서 멋진 여자가 되는 여정 속에서 명애가 건강한 긴장감을 타고 안전하게 도착지에 안착하기를 바랄 뿐이었다. 가꾸고 다듬고 만들고 바꾸며 한 달을 보내고, 다시 한 달을 보내고, 또다시 한 달을 보낸다면 분명히 좋은 변화가 있겠지. 멋진 여자가 된다는 것에는 공짜가 없다는 말에 명애도 한 표 보태기로 했다.

지금 젊음의 무기를 가졌다고 20대여, 모든 것을 다 가진 것처럼 도취하지 말자. 누구나 20대를 겪고서 30대가 되고 40대, 50대, 60대가 되었다. 예쁜 것 하나 믿고 평생을 덤으로 살려고 하지 말자. 결국 덤으로 가는 여자는 덤 때문에 후회하더라. 아줌마라고 무시하지 말자. 아줌마의 노력이 20대의 열정보다 더 뜨겁게 타오를 수 있다.

뜨거운 여자가 되자. 20대의 열정이여, 다시 명애에게로 돌아오라. 건강미로 무장한 명애가 기다리고 있을 테니까.

작은 추억이 가슴에 남아

명애는 미화가 보지 못하도록 몸을 돌려 핸드백을 열고 무엇인가를 찾아 꺼낸다. 그리고 미화의 손바닥을 펼치고, 미화 손바닥 위에 작은 무엇인가를 살포시 올려놓는다. 미화의 손바닥 위에 아주 작은 조각상이 하나 덩그러니 올려졌다.

"기억나?"

"세상에나, 아직까지 이걸 가지고 있었던 거야?"

"그럼 당연하지, 어떻게 이걸 잃어버릴 수 있겠어. 미화 네가 나한테 이것 주면서 했던 말 기억나?"

미화의 손바닥 위에 상아로 만든 작은 돌고래가 햇빛이 닿아

반짝이고 있었다. 상아로 만든 작은 돌고래는 명애가 결혼할 즈음에 미화가 준 행운의 수호신이었다. 20여 년 전에 있었던 일이었다.

"명애야, 이 돌고래가 평생 동안 너의 행복을 지켜 줄 거야. 이제부터 너의 수호신이니까!"

"…."

"항상 너를 지켜보며 너에게 좋지 않은 일들은 물리쳐 주고, 기분 좋은 일들이 일어나도록 너를 보호해 줄 거야."

"…."

대학교 4학년 초가을, 계절이 바뀌어 가는 그즈음 명애는 유난히 몸이 약해져 있었다. 학교생활과 요리학원 등 체력적인 문제며, 이것저것 심리적인 영향도 많았던 탓인지 감기가 들면 남들보다 호되게 힘들어했고, 약을 지어 먹어도 쉽게 떨어지지 않았다. 열이 펄펄 끓어올라 학교에 결석한 그날, 미화가 명애를 찾아왔다. 걱정이 되어 병문안을 간 것이었다. 명애는 이불 몇 겹을 덮고 누워 있으면서도 춥다고 말했고, 온몸은 이미 땀에 흠뻑 젖어 있었다. 명애는 아파서 미화의 이야기에 답변도 하지 못한 채 끙끙거리기만 했다. 명애의 아픈 모습을 보고 미화는 자신의 가방을 뒤적이다 작은 조각상을 꺼내어 명애의 손에 꼭 쥐어 주었다.

미화가 가방에서 꺼낸 조각상은 미화에게 남겨진 아주 소중한, 할머니의 조각상이었다. 미화가 7살 때 심하게 감기 몸살이 걸렸던 어느 날, 할머니가 미화의 손에 살포시 안겨 준 것이었다. 바로 상아로 만든 작은 돌고래 조각상이었다. 할머니가 미화에게 준 미화의 수호신이었다.

"이 돌고래가 아프지 않게 우리 강아지를 지켜 줄 거야. 이 할미도 지금까지 돌고래가 지켜 줘서 건강하게 살 수 있었단다. 우리 강아지, 우리 미화 어서 나아야지. 이 돌고래를 손에 꼭 쥐고 자면 내일은 감기가 뚝 떨어질 거야."

할머니는 말없이 앓아누운 미화의 손에 조각상을 쥐어 주고서 방을 나갔다. 이상하게도 다음 날 미화는 몸이 가뿐해지기 시작했고, 자신의 손에 쥐어진 돌고래가 자신을 지켜주고 있었다고 생각되었다. 미화는 할머니에게서 받은 돌고래를 아무도 모르게 고이 간직하게 되었다.

명애가 아프던 그날, 자신의 수호신이었던 돌고래를 명애를 위

해 주고 온 것이었다. 할머니가 미화에게 해 주던 말 그대로 미화
도 친구 명애에게 작은 소리로 속삭여 주고 명애의 방을 나왔다.

"이 돌고래가 아프지 않게 내 친구 명애를 지켜 줄 거야. 나도
지금까지 이 돌고래가 지켜 줘서 건강하거든. 명애야 어서 나아
야지, 이 돌고래를 손에 꼭 쥐고 자면 내일은 감기가 뚝 떨어질
거야."

20년이 넘은 일이었다. 자신의 소중한 돌고래를 자신의 소중
한 사람에게 전달한 것이 20년이 넘은 것이었다.

"손을 꼭 쥐어 봐, 미화야. 이 돌고래가 주인을 찾고 있었는데,
20년이 넘게 걸렸어."
"항상 가지고 다닌 거야?"
"그럼, 네가 그랬잖아, 항상 가지고 다니라고. 돌고래 수호신
을 주고 가던 날 내가 얼마나 많이 감동했는지 알아?"
"몰랐어, 난 네가 너무 아파서 내 말을 못 들었다고 생각했거든."
"아직도 생생해, 그때 생각하면 지금도 너무 감격스러워. 우
리가 너무 오랫동안 만나지 못했지만 나는 항상 네 생각하며 살
았어."

"정말 상상도 못 했어."

미화는 명애의 손을 꼭 잡아 주었다.

"내게는 평생 잊지 못할 소중한 추억이고 선물이며 감동이었
어. 너 만나면 꼭 돌려주고 싶었는데, 되돌려주기까지 20년 이상
걸렸네."
"난 벌써 잊고 있었는데….."
"할머니께서 남기신 것을, 그렇게 귀한 것을 어떻게 남한테 줄
수가 있어? 나라면 그렇게 못 했을 거 같아. 나한테 소중한 것을
다른 사람한테 줄 수 있는 사람이 세상에 얼마나 되겠니! 너한테
내가 빚진 것이 너무 많다, 미화야."

작고 섬세하게 조각된 돌고래가 미화의 손바닥 위에서 미화를
지켜보고 있는 것 같았다. 간절히 원하면 이루어진다던가! 작은
조각상에 불과했던 돌고래가 친구의 추억이 되고 감동이 되어
다시 할머니의 뜻대로 내게로 돌아왔으니 말이다. 우리에게 돌
고래는 이미 수호신으로 승화되었다.

'이런 것이 제대로 사는 인생이겠지!'

아주 작은 속삭임이 미화의 입을 맴돌았다. 미화는 생각했다. 이렇게 작고 사소한 사연이 모여서 추억이 되고 인생이 되는 것이겠지. 이런 사소함들을 풍성하게 간직한 인생이 성공하는 삶이 아닐까! 성공하기 위해 미친 듯 앞만 보고 가는 것이 아니라, 사람들과 따뜻한 교감을 나누며 기억을 추억으로 만들어 주는 삶 말이다. 미화는 아주 오랜만에 가슴까지 뜨거워지는 감동을 느끼고 있었다. 살아가는 힘이 추억이었다는 말이 이런 것인가 싶다.

사회생활을 했던 20여 년 동안 가슴에 새겨진 추억 하나 없다는 생각을 하니, 한편으로는 뭔가 잘못되었구나 하는 생각도 들었다. 내 것은 내 것이고, 너의 것도 내 것이라는 생각이 어느 사이엔가 현대인들에게 팽배해지고 있지만, 소중한 나의 것을 소중한 너에게 제대로 한번 준 적 없이 일상적으로 일하고 부대끼면서 살았던 것 같다. 팍팍한 현실, 빠듯한 하루, 치열하기만 한 경쟁 속에서 뒤통수 맞을까 봐, 배신당할까 봐, 함정에 빠질까 봐 움찔거리며 타인을 경계하고 긴장감을 늦추지 못한 채 앞만 보며 바쁘게 가야만 하는 우리네 사람들, 미화는 또다시 누군가에게 자신의 소중한 돌고래상을 선뜻 줄 수 있을까? 이렇게 내가 먼저 주지 못하는 시대에 살면서, 무엇이라도 받으려고만 하고 산다면 좋은 추억 하나 가질 수 있을까!

　미화가 손바닥에 올려진 조각상을 보자니, 뭐라고 속삭이는 것만 같다. '바라지 말라고, 타인에게 무엇이든 먼저 주어라'라고 말하는 것만 같다.

특별함은 평범함을,
평범함은 특별함을 갈구하네

특별한 것은 무엇일까? 명애는 결혼을 통해 성공하는 여자가 되고 싶었고, 결혼을 통해 다른 여자들보다 특별한 행복을 누리고 싶었다. 그래서 결혼에 안달 난 여자가 되어 결혼을 했고, 결혼을 통해 아내가 되고, 아이들을 낳고 기르며 엄마가 되었다.

잘나가는 남편과 결혼하면 저절로 성공하는 여자가 되고, 남들에게 부러움을 받는 여자가 되는 줄 알았다. 여자로서 성공하는 좀 더 쉬운 길이라고 믿었다. 그러나 막상 현실은 명애가 기대했던 것과는 사뭇 달라, 명애의 바람과는 점점 더 멀어져만 갔다. 되돌리기에는 너무 멀리 왔는데, 다시 돌아갈 수 있는 방법도 없는데 말이다. 그렇다고 후회와 절망으로 나머지 인생을 소비할 수는 없는 일이었다. 인생을 허비하는 것은 가장 어리석은 방법이니까.

　미화도 성공가도를 달리는 여자가 되고 싶었고, 일을 통해서 다른 여자들보다 특별한 행복을 누리고 싶었다. 결혼이라고 하는 굴레를 벗어나 자유롭게 자신의 일을 개척해 나가면서 스스로가 도전하고 성취해서 성공한 여자, 잘나가는 여자, 능력 있는 여자가 되고 싶었다. 그런 성공을 위해 여자로서의 행복을 미룬 것도, 포기한 것도 아쉽다 생각하지 않으며 과감하게 자신의 의지대로 선택하고 결정해 왔다.

　숱한 시간 속에 대면한 현실은 미화가 기대했던 것과는 달랐다. 일을 통해서 이루어낸 결과와 상관없이 그녀는 시시때때로 인생에 대한 실패감을 느끼곤 했다. 미화는 특별하게 성공했지만, 아무에게도 말할 수 없는 외로움과 함께할 수 있는 가족이 없다는 점은 이미 아쉬움을 넘어 상당한 실패감으로 인식되었다.

　수많은 세상 여자들이 명애나 미화처럼 생각하면서 살아가고 있다. 자신의 뜻대로 이루어지지 않았다고. 그렇다고 해서 절망할 필요는 없다. 특별해지고 싶어 특별함을 선택했고, 선택만큼 특별하게 살고 있다면, 추후로도 계속 특별하게 살고 싶다면 살아오던 방식 그대로 꾸준히 살면 되는 것이다.

다만, 지금과는 다르게 살아가고 싶은 생각을 가진 여성들에겐 생각의 탄력성이 필요하다. 성공에 대한 기준과 살아가고자 하는 길에 대한 차이를 유연하게 받아들여야 조금 더 현명해질 수 있다. 꿈꾸는 바를 위해 지금 해야 하는 일에 집중하고 수시로 자신을 돌아보아야 한다. 그러면 평범함 속에 특별함이 내재되었다는 것을 발견할 수 있다.

"미화야, 사람 마음이 참 이상해."

"뭐가?"

"특별함을 갈구해 특별해지고 나면 금세 싫증이 나고, 평범함을 갈구해 평범한 생활을 하면 금세 잘못 사는 것 같은 불안감이 생기니 말이야."

"나도 명애 네 말에 완전 공감해."

"너무 단답형으로 결론을 내려서 그런가? 특별함과 평범함이 자연스럽게 조화되어 살아야 하는 거야?"

"명애 너의 말이 정답이네. 특별하게 사는 사람은 평범하게 사는 삶을 갈구하고, 평범하게 사는 사람은 특별하게 사는 삶을 갈구하더라고. 참 아이러니하지."

"욕심을 버리지 못해서 그럴까? 경험이 부족해서 그럴까?"

"명애 너는 왜 그런 것 같아?"

"음~, 난 호기심 때문에 그러는 것 같아. 나는 지금까지는 평범한 것이 더 좋아 그렇게 살았고, 앞으로도 평범하게 살 것 같은데. 미화 너는 어때?"

"솔직히 아직까지는 특별한 삶이 더 좋은데, 몇 년 지나면 나도 생각이 바뀔 것 같아. 특히 연예인들의 삶을 방송에서 접할 때면 너무 힘들겠구나 하는 생각이 들어. 보여줄 것과 안 보여줄 것 구분 없이 대중에 노출되니까, 뭐 하나 자기 마음대로 할 수 있는 것이 없잖아. 나야 연예인처럼 살 일은 없지만 하고 싶은 것, 가고 싶은 곳, 만나고 싶은 사람을 내 마음대로 할 수 없다면 감옥 생활이나 똑같을 것 같아."

"듣고 보니 그러네. 일반 대중들이야 연예인들을 입에 올리다가도 돌아서면 잊고 살지만 당사자들은 홀딱 벗은 몸을 보여주는 것처럼 창피하기도 하고, 당황스럽기도 하고, 많이 불편할 것 같아. 그렇게 생각하니 평범해서 나는 너무 편하게 사는데."

"장단점을 다 가지고 있는데 사람 마음이 욕심이 많아서인지 다른 사람의 것은 좋은 것만 보이고, 나쁜 것, 불편한 것, 힘든 것은 잘 보이지 않는 것 같아. 이런 이야기하니까 나도 갑자기 평범하게 살고 싶은 생각이 드네."

"자연스럽게 마음이 바뀌겠지. 미화 너의 마음이 가는 대로 살아야 덜 힘들 텐데."

"명애야, 너랑 이야기하니까 나도 마음 정리가 되네. 한번 사는 인생 특별하게 살다 가고 싶었는데, 남한테 보이는 특별함이 얼마나 대단한 거겠어, 나 스스로 행복하게 살아야지. 누가 나를 알아주지 않으면 어떤가! 나를 위해서 매사 열심히 살 뿐이야. 명애야, 나 결정했어."

"미화야, 갑자기 뭘 결정해?"

"난 특별함이나 평범함보다는 지금껏 애써 무시했던, 부족한 부분들을 채워가면서 열정적으로 사는 여자가 될 거야."

"미화 넌, 역시 멋져."

가지지 못한 것에 대한 욕심을 내려놓는다는 것은 쉽지 않다. 언론이나 방송을 통해 특별함을 버리고 평범함을 선택하고 사는 사람들을 보면 그 용기에 박수를 보낸 적이 한두 번이 아니었다. 무엇인가를 내려놓는다는 것은 보는 것보다, 듣는 것보다 어려운 문제다.

일반인들은 모두 평범함보다 특별함을 위해 안간힘을 쓰고 노력하며 살아가는 것 아닌가!

역행하며 사는 사람들에겐 어떤 사연이 있는 것일까. 누구의 인생이든 외부로 보이는 대로만 판단하는 것은 위험한 일이다. 인생에는 우연과 필연, 자의와 타의가 공존하므로 그 사유를 함부로 추측하기가 두렵다. 다만, 마음이 흘러가는 대로 살 수 있다는 것은 아무나 할 수 없는 일이기에 우린 은둔거사를 부러워하지 않는가!

과거가 화려할수록 내려놓기는 더 어려웠을 것이다.

평범하다고 무시하거나 얕보지 말자. 쉽게 말하는 그 평범함을 지키기 위해 상대방은 일생 동안 휘몰아치는 태풍 속에서 버티며 견뎌 왔는지도, 꺼지는 촛불을 살리려고 일생을 바람막이가 되며 살아왔는지도 모를 일이다. 평범한 인생을 유지하는 것은 세상에서 가장 쉬우면서도 가장 어려운 일이다. 가정주부가 되었든, 작은 중소기업 직장인이 되었든, 한적한 시골마을 주민센터 공무원이 되었든, 그 누구라도 존중받아야 할 일이다.

명애의 반짝반짝 빛나는 눈동자가 열의로 가득 차 보였다.

"미화야, 내가 앞으로 어떻게 살아야 하나 생각해 봤어. 결혼을 앞세운 성공에 집착하기보다는 나 자신이 바라는 것을 이루며 살고 싶어. 학창 시절 뜨겁게 연애했듯이 지금부터 나 자신과 뜨거운 연애를 해야겠어. 특별한 인생을 위한 것이 아니라 나 스스로를 위한 인생을 살아가는 것, 너무 늦지 않았겠지."

"명애 너무 멋진걸. 그런데 명애야, 열의는 좋은데 주먹에 힘

좀 빼면 안 될까?"

"하하하, 나도 모르게 열정이 주먹으로 다 갔네."

"미안한데 눈에 힘도 좀 빼 주라."

"나는 눈에 힘이 좀 있어 줘야 온몸에 힘이 생기거든. 미화 네가 이것만은 나를 좀 이해해 줘라."

사람은 왜 떠나고 난 다음에 잘해주지 못해 후회하는 것일까? 왜 세월이 흐른 뒤에야 젊음과 청춘을 그리워할까? 왜 평지풍파를 겪기 전에 평온한 삶이 축복 그 자체라는 것을 모를까! 누구나 세월을 돌아보면 아쉬움으로 점철된다. 오늘 깨달은 것을 어제 깨달았다면, 훨씬 더 먼저 알았다면 어땠을까!

미화는 명애의 말을 들으면서 겸손을 통해 인생을 배우고, 경청을 통해 불행을 피해 간다는 말이 떠올랐다. 나의 귀가 조금 더 부드럽게, 모든 사람들의 말들을 겸손하게 들을 수 있어야 후회할 일이 적어지는 것이겠지. 나의 언행이 지위고하, 남녀노소를 가리지 않고 겸손하게 행해야 적을 만들지 않겠지. 지금도 늦지 않았다. 지금이라도 좋다. 변하고자 한다면 언제라도 좋다.

추억 속의 단짝 친구를 만나 허물없이 서로의 마음을 털어놓을 수 있어서, 오랜 시간 잊고 있던 책장 위에 쌓인 먼저를 털어

내듯 희미했던 우정을 일거에 다시 키울 수 있어서, 지루할 새 없이 맞장구 쳐주는 친구가 있어서 우린 너무나 좋다.

오늘이 최고의 선물

부산역에 도착한다는 안내방송이 나온다. 이제 정말 부산역에
도착하는 모양이다. 미화는 평소 지루하고 힘들게만 느껴졌던
부산 출장 같지 않게, 오늘은 아주 짧은 시간에 부산역에 도착한
기분이 들었다. 피곤함도 있었지만, 지루하고 지쳐서가 아닌 기
분 좋은 피곤함에 상큼한 마음까지 얻어 부산역에 도착한 것 같
았다. 또한 짧은 시간이지만 명애와의 만남은 미화에게도 오랜
만에 맛보는 꿀맛 같은 대화 시간이었다.

"명애야, 부산에 왔으니까 걱정스러운 일들은 바닷바람에 모
두 날려 버리고 기분 좋게 놀다가 올라가."

"응, 고마워. 너도 일 잘 마치고, 밥 잘 먹고 다니고."

"너야말로 오랜만에 부산 바다 왔으니 맛있는 것도 많이 먹고."

"응, 역시 친구밖에 없다니까!"

KTX가 천천히 서행을 하기 시작한다. 곧 도착한다는 신호다. 명애와 미화는 간소하게 짐 정리를 하고 재킷을 입었다. 드디어 부산역에 도착했다. 사람들이 기지개를 켜며 자리에서 일어난다. 하차가 시작되자 차례를 기다리던 사람들부터 명애와 미화까지 기차에서 내렸다. 짠내가 녹아있는 부산의 바닷바람이 두 사람의 머리를 쓸어 넘겼다. 이제 부산역을 빠져 나가면 두 사람은 각자 따로 움직여야 한다.

우연한 만남이 준 선물은 새로운 만남의 시작이었다. 두 사람은 꿈꾸는 듯한 대화 시간을 끝내고, 치열하게 경쟁하며 살아야 하는 현실로 돌아왔다. 그러나 두 사람의 마음은 아주 홀가분하면서도 어디에서 생긴 것인지 모르겠지만 팔팔한 힘이 솟아나는 것을 느낀다. 마치 소개팅에 나가 상대방을 기다리는 파트너처럼, 새로운 만남을 기대하면서.

사람들은 모두 비슷하게 살아간다는 것을 알면서도, 성공도 결혼도 인생의 한 부분이라는 것을 알면서도 우리는 수시로 까맣게 잊고 살고 있다. 무섭도록 치열하게 살아가는 오늘 하루가 전부인 것처럼, 그 모습이 정답인 것처럼 살아가고 있다. 어쩌다 본인과 상반되는 사람을 만나면, 그때 가끔 나를 보게 된다. 첫 출발선에서와는 많이 달라져 있는 나를 돌아보게 되고, 왜 여기까지 왔는지를 고민하게 된다. 그래서 사람은 어울려 살아야 하고 서로를 마주보며 살아야 하는 것이다.

하고 싶은 이야기는 태산처럼 쌓였으나 두 사람은 서로의 눈빛 교환으로 다음 만남을 약속한다. 진짜 마음은 굳이 말을 통해 전달되는 것은 아니다. 어느 때는 무언의 약속이 더 오래간다. 무언의 약속이 더 신뢰가 간다. 무언의 약속이 더 두터울 때도 많다.

"택시! 미화야, 먼저 타고 어서 가."
"응, 고마워. 다음에 또 연락하자, 명애야."
"당연하지, 늦지 않게 일 잘 마치고."
"우리 포옹 한 번 할까?"
서로의 체온이 담긴 포옹은 여운이 오래간다. 뜻하지 못한 우연한 인연, 진한 우정을 다시금 되새길 수 있었던 시간, 어제 만났던 것처럼 짧은 포옹과 함께 다음을 기약하고서 미화는 택시에 올랐다. 미화를 보내고 명애도 바로 택시에 몸을 실었다.

"벡스코로 가 주세요."

지리에 익숙한 택시 기사는 아주 가뿐하게 차를 몰아 도착지를 향해 달린다. 살며시 택시 창문을 내리니 바람이 시원하게 들어온다.

성공하고 싶어 안달하며 살아왔던 지난날들이 바람처럼 미화의 뇌리를 스쳐 갔다. 얼마나 가슴 졸이며 치열하게 살아왔던가!

"어떻게 살아야 하는지 이제 조금 알 것 같네. 오늘 명애를 만난 것은 내가 열심히 살아왔다는 증거고, 앞으로도 더 멋지게 살라는 큰 상인 것 같아. 너무 큰 선물을 받은 것 같아."

미화는 들릴 듯 말 듯 혼잣말을 했다. 명애와의 만남이 미화의 마음을 뒤흔들어 놓은 것은 사실이다. 다 가질 순 없다는 걸 알면서도 다 갖고 싶어 안달했던 자신이 부끄럽다는 생각이 들었다. 사건사고 없이 평온하고 순탄하게 살아온 날들에 대해서 무심코 지나쳤을 뿐, 감사하다는 생각을 한 적이 있던가.

"더 늦기 전에, 더 많은 시간을 허비하지 않게 되어서 너무 다행이야. 평범한 오늘이 내게는 최고의 하루인데….”

미화의 입가에 살포시 미소가 지어진다. 돈으로는 살 수 없다는 환한 미소가 피어난다.

명애는 택시에 타자마자 바다에 가고 싶었다.

“광안리로 가 주세요.”

찜찜했던 아침 기분이 어느 사이 상큼해져 있었다. 미화를 만난 덕분이었다. 바닷바람 쐬며 답답했던 마음도, 짜증스러웠던 기분도, 남편에 대한 미움과 자신에 대한 한심했던 슬픔도 날려보내야겠다는 생각만이 간절하다.

“그래, 모두가 그렇게 살고 있잖아. 어리석은 마음들 다 털어버리고 진짜 한명애를 찾아가자. 부산까지 왔는데 그냥 갈 수는 없잖아.”

변하는 것은 스스로의 문제였다. 시킨다고 되는 것이 아니라 스스로 마음의 울림에 몸이 움직여야 긍정적인 변화가 시작된다.

"회 한 사라 먹고, 해수욕장 구경하고서 기분 좋게 올라가야
지. 오늘은 정말 최고의 날이야."

명애의 얼굴이 소풍 나온 어린아이처럼 해맑아졌다. '끼르륵
끼르륵' 멀리서 부산 갈매기 소리가 들려왔다.

출간후기

대한민국 여성들의 행복한 삶을 위한,
참된 조언과 격려를 담았습니다!

권선복(도서출판 행복에너지 대표이사,
대통령직속 지역발전위원회 문화복지 전문위원)

예전에 비해 많이 좋아졌다고는 하지만 여전히 대한민국 여성
들의 삶은 힘겹기만 합니다. 늘 일과 가정 사이에서 고민하고 힘
들어하는 여성들을 주변에서 쉬이 찾아볼 수 있습니다. 결국 한
쪽에만 열정을 쏟다 보면 다른 한쪽이 소홀해져 늘 아쉬움을 가
슴에 담아두고 살아가기 마련입니다. 이러한 문제에 관해 딱히
이렇다 할 해결책은 없습니다. 고심을 거듭한 후 최대한 후회를
남기지 않는 선택을 해야 합니다.

현재 조직성장, 인재양성, 라이프 컨설팅 전문가이자 스토리
텔링 작가로 활동 중인 김나위 저자의 책『성공하고 싶은 여자,

결혼하고 싶은 여자』책은 여성들의 그러한 고민에 큰 도움이 될 만한 참된 조언과 격려를 담고 있습니다. 큰나무서비스아카데미 대표이사와 김나위경영연구소 소장을 맡고 있는 저자는 현재까지 2,500여 개의 기업과 기관에 출강을 해오며 수강 인원만 100만 명이 넘을 정도로 왕성히 활동 중입니다. 이미 여러 권의 교양서적을 출간하여 작가로 인정받았으며, 이번 책에서는 스토리텔링 기법을 도입하여 내용의 충실성은 물론 재미까지 한꺼번에 잡고 있습니다. 실제 있었던 일을 바탕으로 한 에세이 형식이면서도 자기계발적인 요소를 함께 내포하여 독특한 재미를 독자에게 전해 줍니다. 이제 막 사회에 발을 들여놓은 2, 30대 여성은 물론 지금까지의 인생을 돌아보고 앞으로의 삶에 새로운 활력을 불어넣을 계기를 찾고 있는 4, 50대 여성들까지 누구나 꼭 한 번은 유심히 읽어봐야 할 내용들을 담아냈습니다.

행복은 결국, 남이 아닌 자기 자신이 만들어나갑니다. 어떠한 마음가짐으로 어떠한 노력을 하느냐에 따라 행복은 얼마든지 자신의 것이 될 수 있습니다. 책『성공하고 싶은 여자, 결혼하고 싶은 여자』가 대한민국 여성들의 행복한 삶을 위한 소중한 이정표가 되어 주길 기대하면서, 모든 독자 분들의 삶에 행복과 긍정의 에너지가 팡팡팡 샘솟기를 기원드립니다.

압둘라와의 일주일
서상우 지음 | 값 12,500원

『압둘라와의 일주일』은 누구나 한번쯤은 고민해봤을 본질적인 인생의 문제들을 풀어나가고 있는 책이다. 특히 '압둘라'라는 인물을 통해 어려운 고민들에 명쾌하게 답하는 형식을 취하고 있는 점이 흥미롭다. 아무리 상처받고 버림받는 아픔을 경험했을지라도 이 세상에 소중하지 않은 사람은 없다. 그렇기에 이 책의 주인공은 당신이라고 저자는 이야기한다.

제4차 일자리 혁명
박병윤 지음 | 값 15,000원

JBS일자리방송의 박병윤 회장이 전하는, '일자리 혁명을 통해 선진국으로 도약할 대한민국의 청사진'을 담은 책이다. 현재 대한민국의 일자리 문제가 현 정부에서 추진하는 창조경제 정책이 올바로 시행되지 않고 있음에서 그 원인을 찾고 '방통융합 활용 일자리창출 콘텐츠'의 실행을 통해 일자리 혁명을 일으켜 해결책을 찾을 것을 제안하고 있다.

금융회사의 내부통제
김양권 지음 | 값 25,000원

선진은행들은 우리나라보다 더한 성과주의 문화 속에 살고 있지만 그들의 금융사고는 우리보다 훨씬 적다고 한다. 이 책은 그 이유는 무엇인지를 세심히 살펴보고, 오랫동안 선진국의 금융관행을 보고 배웠음에도 우리 금융회사들이 놓치고 있는 것에 대해 제시한다.

나의 살던 고향은
강순교 지음 | 값 15,000원

연어처럼 삶을 다하기 전에 거세고 잔인한 현실의 물살을 거슬러 고향과 고국을 찾아온 저자의 인생사는 그 자체만으로도 충분히 감동적이다. 그래서 이 책은 한 개인의 위대한 역사일 뿐 아니라 궁극적으로 통일이 되어야 할 이유를 독자들의 가슴에 깊이 새겨주고 있다.

중국 사회 각 계층 분석

양효성 지음, 이성권 번역 | 값 27,000원

"한중 수교 20여 년, 우리는 과연 중국에 대해 얼마나 깊이 알고 있는가?" 중국의 발자크라 불리는, 중국 최고의 知靑 양효성의 10년에 걸친 역작! 이 책은 모택동 사후 시기의 중국(中國) 사회를 가장 심층적으로 분석하고 있다. 인문학적 시각으로 들여다본 중국사회에 대한 깊은 연구는 대한민국의 성장과 밝은 미래를 위한 하나의 전환점을 제시하고 있다.

제안왕의 비밀

김정진 지음 | 값 15,000원

『제안왕의 비밀』은 대한민국을 대표하는 14인의 제안왕 이야기를 담아내고 있다. 자신의 삶은 물론 몸담고 있는 조직까지 변화시키는 제안의 놀라운 비밀을 이야기한다. 제안 하나로 청소부, 경비원, 기능공에서 대기업 임원, 교수, CEO로 등극하는 드라마 같은 인생이 펼쳐진다. 또한 제안왕이 되기 위해 반드시 숙지해야 할 십계명과 비결 등을 공개한다.

그대, 늦었다고 걱정 말아요

감민철 지음 | 값 13,800원

『그대, 늦었다고 걱정 말아요』는 바로 이렇게 힘겨운 시기를 보내고 있는 젊은이들에게 따뜻한 위로의 메시지를 전하는 책이다. 현재 주어진 암울한 환경이 아닌, 어려움을 통해 더욱 성장하게 될 미래의 자신을 바라보라고 주문한다. 우리가 늘 부정적으로만 여겼던 고난의 진정한 의미는 과연 무엇일까? 지금 이 책에서 그 해답을 확인해보자.

주인공 빅뱅

이원희 지음 | 값 13,800원

세상의 기준은 상대평가에 따르기 때문에 항상 서로를 비교하게끔 만든다. 그 과정에서 우리는 우월감과 열등감을 오가며 천국과 지옥을 경험하곤 한다. 하지만 『주인공 빅뱅』은 그러한 악순환에서 벗어나 자기 자신이 평가의 기준이 될 것을 권한다. 스스로가 객관적으로 자기 자신을 평가함으로써 정서적·지적·영적·인격적 성장을 이룰 필요에 대해 강변한다.

사랑해야 운명이다
김창수 지음 | 값 12,500원

책 『사랑해야 운명이다』은 2015 한국HRD대상 명강사 부문 대상 수상자이자 희망아카데미 대표인 김창수 저자의 '세상을 향한 따뜻한 사랑을 담은 시집(詩集)'이다. 독자의 마음에 깊은 흔적이 아닌, 가만히 가져다대는 따뜻한 손과 같은 온기를 전하며 "살아 있는 한, 희망은 유효하다."라는 평범한 진리를 진솔한 목소리로 노래한다.

리콴유가 말하다
석동연 번역 · 감수 | 값 17,000원

이 책은 하버드 대학의 그래엄 앨리슨 교수, 로버트 블랙윌 외교협회 연구위원이 리콴유 전 총리와의 인터뷰, 그의 저서와 연설문을 편집하여 출간한 책이다. 총 70개의 날카로운 질문에 리콴유는 명쾌하고 직설적이며 때로는 도발적으로 답변한다. 도처에 실용주의자로서의 그의 진면목이 잘 드러나 있으며 깊이 있는 세계관과 지도자관을 음미할 수 있다.

치매도 시가 되는 여자
류 자 지음 | 값 13,500원

책 『치매도 시가 되는 여자』는 실제로 치매에 걸린 시어머니를 8년째 모시고 있는 한 며느리가 조금은 불편하지만 그 어느 가정과 다를 바 없이 행복한 일상에 대해 담은 책이다. 치매가 느닷없이 가져온 삶의 비애가 더 커다란 행복으로 승화되는 과정을 시와 에세이를 통해 그려내고 있다.

갈 길은 남아 있는데
김래억 지음 | 값 25,000원

책 『갈 길은 남아 있는데』는 격동기에 태어난 한 사람이 역사의 비극 가운데에서 고뇌하며 조국의 근대화에 대한 열망을 품고 축산업과 대북 사업에 일생을 바치며 산업역군으로 성장해가는 과정을 담고 있다. 남북을 넘나들며 통일의 물꼬를 트고자 노력했던 저자의 헌신이 감명 깊게 다가온다.